Miranda Lee
Proposición despiadada

HARLEQUIN™

Editado por HARLEQUIN IBÉRICA, S.A.
Núñez de Balboa, 56
28001 Madrid

© 2007 Miranda Lee
© 2015 Harlequin Ibérica, S.A.
Proposición despiadada, n.º 2383 - 22.4.15
Título original: The Ruthless Marriage Proposal
Publicada originalmente por Mills & Boon®, Ltd., Londres.
Este título fue publicado originalmente en español en 2008

I.S.B.N.: 978-84-687-6133-6
Depósito legal: M-3025-2015
Editor responsable: Luis Pugni
Impresión en CPI (Barcelona)
Fecha impresion para Argentina: 19.10.15
Distribuidor exclusivo para España: LOGISTA
Distribuidor para México: CODIPLYRSA
Distribuidores para Argentina: Interior, DGP, S.A. Alvarado 2118.
Cap. Fed./Buenos Aires y Gran Buenos Aires, VACCARO HNOS.

Capítulo 1

Aeropuerto de Sídney. Ocho de la tarde de un viernes de marzo

–Gracias por volar con nosotros, señor Armstrong –ronroneó la azafata cuando Sebastian salió del avión por la puerta de primera clase.

Él asintió y continuó apresuradamente, deseoso de llegar a la parada de taxis antes de que llegara la avalancha. Menos mal que solo había llevado equipaje de mano y que no tenía que esperar a que saliera ninguna maleta.

En contraste con la temperatura que había en el interior del edificio climatizado, el ambiente fuera era un poco caluroso, y Sebastian se alegró de poder meterse enseguida en un taxi. De momento, pensó en llamar por teléfono a Emily para decirle que había tomado un vuelo anterior; pero finalmente decidió no hacerlo. No hacía falta que le preparara la cena, y por otra parte, no estaba de humor para hablar con nadie. Lo único que le apetecía era llegar a casa...

Emily retiró la carta de dimisión que acababa de salir de la impresora y la releyó; pero le temblaban un poco las manos.

Le había costado casi una hora redactar unas cuantas frases. Pero ya estaba hecho; y la decisión tomada.

–Y es la decisión correcta –murmuró Emily mientras apoyaba la carta en el calendario que tenía en su mesa–. La única decisión.

¿Porque cómo iba a seguir siendo el ama de llaves de Sebastian si se había enamorado de él?

Cuando regresara a casa a la mañana siguiente, le daría la carta; y el lunes a primera hora llamaría a la agencia de trabajo temporal y les diría que aceptaba el empleo que le habían ofrecido esa tarde.

En realidad a Emily le había sorprendido poder asegurarse un puesto tan bueno solo con una entrevista: el de subdirectora en una nueva sala de congresos en el prestigioso Darling Harbour. Y por esa razón, cuando la agencia la había llamado ese mismo día pasadas las cinco, ella había pedido que le dejaran el fin de semana para meditar su decisión.

Pero no le había hecho falta el fin de semana. Tan solo habían bastado un par de horas de reflexión, en las que se había dejado guiar por la lógica en lugar de hacerlo por su iluso corazón de mujer.

La ausencia de Sebastian había contribuido a la decisión que había tomado; y su regreso no era algo que esperara con ilusión, sobre todo el momento en el que él se enterara de que se marchaba.

Bien sabía que no iba a complacerle en absoluto.

Emily estaba convencida de que Sebastian la apreciaba; eso no era un secreto. Precisamente por eso resultaba todo más difícil; y solo de pensar en la cantidad de noches en las que la había invitado a sentarse con él a cenar o a tomar una copa se le encogía el corazón. Sí. Sabía que Sebastian disfrutaba de su compañía.

«Pero no tanto como tú de la suya», dijo una vocecita en su interior.

Lo que más le gustaba a Sebastian de ella era la eficiencia con la que dirigía su casa.

A Sebastian le gustaban los empleados que hicieran

las cosas cuando él quisiera, como él lo quisiera y cuando él lo quisiera. Cuando su valiosa asistente personal le había entregado la carta de dimisión el año anterior, Sebastian le había ofrecido un sinfín de incentivos para que la mujer se quedara: más sueldo, mejores condiciones de trabajo e incluso una categoría distinta.

Pero nada de eso había servido. La mujer se había marchado de todos modos, y Sebastian había estado de un humor de perros durante varios días. ¡Qué durante varios días! ¡Durante varias semanas!

Estaba segura de que a ella empezaría ofreciéndole también más dinero; pero eso no la convencería para que se quedara. Mejores condiciones de trabajo tampoco serían posibles, pensaba mientras paseaba la mirada por su dormitorio exquisitamente amueblado. El escritorio donde estaba escribiendo en ese momento era de madera de palo de rosa con patas elegantemente talladas. Y su cama de caoba con dosel era una pieza de anticuario que había pertenecido a una princesa europea. El resto del estudio que iba unido a su puesto era igualmente elegante, decorado con detalles que gustarían a cualquier mujer. Lo que más le gustaba era que el apartamento estudio estaba situado encima de los garajes, lo cual significaba que quedaba separado del resto de la casa.

Emily negó con la cabeza pesarosamente, pensando cuánto echaría de menos vivir allí.

Pero no lo suficiente como para quedarse.

En cuanto a que pudiera darle una categoría distinta... Lo cierto era que no había muchas maneras de describir a un ama de llaves. ¿Diosa doméstica, tal vez?, se decía Emily con socarronería.

El tintineo musical de un reloj que había en la habitación contigua la sacó de su ensimismamiento, y Emily miró su reloj. Las ocho. Hora de ir a la casa para comprobar que todas las ventanas y las puertas estuvieran bien cerradas, una tarea que llevaba a cabo cada día alrededor de esa hora cuando Sebastian estaba fuera. No podía dormir si no estaba segura de que todo estaba como debía estar.

Retiró un manojo de llaves de la mesa y se dispuso a salir de su apartamento; al hacerlo le sorprendió que hiciera una noche tan cálida y serena. Estaba claro que el viento del sur previsto para ese día aún no había llegado.

Permaneció allí un rato contemplando la casa de Sebastian, apenada al pensar que tal vez esa fuera la última vez que la admiraría aquella casa tan preciosa. Era una mansión de estilo georgiano construida en piedra arenisca y situada en casi cuatro mil metros cuadrados de terreno de la península de Hunter's Hill, con vistas además al río Parramatta. Originalmente construida en el siglo XVIII, la vivienda había estado medio en ruinas cuando Sebastian la había comprado, de eso hacía ya varios años. Él la había restaurado cuidadosamente y había equipado las espaciosas habitaciones con muebles antiguos, además de añadir un invernadero y una piscina.

En el piso superior había cuatro dormitorios muy espaciosos y dos cuartos de baño, siendo uno de ellos del dominio privado del palaciego dormitorio principal. En el piso inferior todas las habitaciones tenían cristaleras que daban a la galería. A la izquierda del vestíbulo, según se entraba, había un salón donde se recibía a las visitas y que se abría a un comedor de iguales características, que a su vez daba al soleado invernadero. Este estaba amueblado de un modo mucho más informal.

A la derecha del vestíbulo de entrada, la primera puerta daba a una sala de billar, la siguiente, al despacho de Sebastian, y las última a la cocina y el office.

En la parte de atrás había un soleado patio de piedra, el escenario perfecto para la nueva piscina. A la izquierda del patio una fila de pinos proporcionaba intimidad y protegía la casa del viento. A la derecha, algo apartados de la casa, estaban los garajes, anejos al lateral del edificio. Sobre los garajes se encontraba el apartamento estudio de Emily, al que se accedía por unas escaleras que había en el lateral del edificio, que terminaban en un pequeño rellano, precisamente donde estaba en ese momento.

Más allá de la piscina, la extensión de césped bien cuidado descendía suavemente hasta la orilla del río, donde había un embarcadero y un pequeño muelle.

En aquel tramo el río se ensanchaba formando una gran extensión de agua. En la distancia, justo enfrente de la propiedad de Sebastian, el arco del puente de Gladesville proporcionaba un encuadre perfecto para lo que ya era un paisaje magnífico. A esa hora de la noche, las luces del puente, y más allá las luces de la ciudad, creaban un ambiente mágico y muy romántico.

Emily se había enamorado de aquel lugar el primer día. Enamorarse de Sebastian le había llevado más tiempo, pensaba mientras bajaba despacio las escaleras. En realidad no se había dado cuenta de lo que sentía hasta que él no había anunciado hacía más o menos un mes que su novia supermodelo y él se habían separado, ya que Lana había decidido casarse con un conde italiano que había conocido en una reciente semana de la moda italiana.

Emily había sentido una alegría enorme cuando se había enterado de la noticia; e igualmente significativo había sido el pesar de haber disimulado su atractivo desde un principio para poder conseguir el trabajo de ama de llaves en casa de Sebastian Armstrong. En ese momento, habría aceptado cualquier trabajo, y le habían advertido de que el soltero australiano más cotizado no contrataría a una atractiva rubia de treinta y tres años de bonita figura.

Aparentemente el magnate de la industria de los móviles llevaba varias semanas tratando de encontrar un ama de llaves adecuada, y había expresado su descontento ante el elevado número de candidatas que hasta ese momento se habían presentado a la entrevista demasiado sexys y elegantes para la ocasión.

Aparte de mentir diciendo que tenía un par de años más, Emily se había quitado el tinte rubio del pelo, se había puesto unas gafas y había vestido ropa más suelta y menos favorecedora. Y todo ello le había servido para asegurarse el puesto.

Había conseguido deshacerse de las gafas en un par de semanas, cuando fingió seguir el consejo de Sebastian de someterse a un tratamiento con láser. Pero no se había vuelto a teñir de rubio, sino que se había dejado su color castaño natural.

Hasta aquella última semana.

Emily jamás habría ido en busca de un trabajo en el mundo de la empresa vestida con poca elegancia. De modo que había ido a la peluquería y se había comprado un traje sexy y elegante en ante tostado y una camisa color crema que enseñaba un poco del canalillo.

Sebastian apenas la habría reconocido. Tal vez si ella...

—No, no —murmuró Emily en voz alta mientras avanzada por el camino bajo los arcos que rodeaban la piscina y conducía a la casa—. Él nunca me miraría de ese modo, hiciera lo que hiciera; así que será mejor dejarlo.

Emily dejó de pensar en Sebastian y en las mínimas posibilidades que tenía de conquistarlo, hasta que llegó arriba a su dormitorio. Resultaba difícil no pensar en el hombre estando allí en el escenario íntimo de la vida de su amado, por no hablar del olor al perfume de la mujer responsable de la ausencia de su jefe.

Desde que Emily había sido empleada de Sebastian,

solo había habido una mujer en su vida: Lana Camp-
bell. Rondando la treintena, Lana estaba en la cumbre
de su carrera de modelo y muy solicitada en todas las
pasarelas del mundo, sobre todo en las de Italia. Lana
era pelirroja natural y tenía un cuerpo de diosa lleno de
curvas; a los italianos no les gustaban las modelos es-
queléticas. Aunque no poseía una belleza tradicional,
Lana tenía un rostro exótico, unos sorprendentes ojos
verdes y una boca sensual. También era tremendamente
inteligente y poseía una mente rápida, pudiendo ser
muy sarcástica si alguien no le caía bien.

Y por alguna razón, ella nunca le había caído bien;
aunque Lana había sido lo suficientemente inteligente
como para disimular delante de Sebastian. También tenía mal genio. Durante las semanas que habían precedi-
do a la ruptura, a menudo Emily había oído a Lana quejarse en voz alta sobre distintos aspectos de su relación.

En una ocasión, Lana le había gritado a Sebastian
que él no la amaba, porque de haberlo hecho se habría
casado con ella o al menos le habría pedido que se fuera
a vivir con él. Pero, por la razón que fuera, eso tampoco
lo había hecho.

Él ni siquiera había respondido a la provocación;
porque Sebastian no era un hombre que levantara la
voz. Tenía otras maneras de demostrar su descontento.
Cada vez que Lana montaba un escándalo, Sebastian la
miraba con frialdad y la dejaba plantada, después de lo
cual, inevitablemente, ella solía largarse echando humo.

Pero Emily estaba segura de que Sebastian amaba a
Lana, un hecho que había quedado confirmado cuando
él había tomado un vuelo a Italia cinco días antes en un
claro intento de reconquistarla. Sin embargo, parecía
que al final no había tenido éxito.

La boda de Lana con un conde italiano se había ce-
lebrado hacía un par de días, y toda la prensa había in-
formado ampliamente sobre aquella noticia.

Sebastian le había escrito al día siguiente un mensaje breve y conciso a Emily.

Aterrizo en Mascot el sábado a las siete de la mañana. Llegaré a casa a las ocho.

Habitualmente Sebastian solía enviarle correos algo más agradables. Emily sabía que Sebastian iba a estar de mal humor cuando volviera; y eso no era una perspectiva muy agradable.

Era lógico que no le hubiera sentado bien perder a la mujer que amaba porque ella se había ido con otro. Aunque solo el cielo sabía lo que podría haber visto Lana en aquel conde italiano, que comparado con Sebastian era bastante feo. El conde era bajo y tenía sobrepeso; la cara blanda y regordeta y los ojos pequeños y redondos.

Por supuesto, tenía un título. Y le había regalado a Lana una alianza matrimonial.

Sebastian no podía esperar que una chica como esa se conformara con menos. Lana seguramente también querría tener hijos; Sebastian no quería tenerlos.

Emily tenía claro que a su jefe, que tenía cuarenta años, le gustaba su vida tal y como era; disfrutaba de poder disponer de su espacio; y a veces le gustaba también estar solo. Los hombres australianos eran así a veces.

Los italianos eran sin embargo un pueblo muy gregario, reconocidos por su sentido de la familia y su amor por los niños. Y pensando en la familia y en los niños, Emily se reafirmó de nuevo en su decisión.

Sin duda había llegado el momento de marcharse; el momento de perseguir el sueño que tanto había deseado para sí, que era casarse y tener hijos antes de ser demasiado mayor.

Dieciocho meses antes Emily nunca había pensado

ni en el matrimonio ni en ser madre. Ni tampoco en los hombres. En esa época, todavía había estado llorando la muerte de su madre, que había fallecido de cáncer, y había estado destrozada por el descubrimiento de la traición de su padre.

Pero el tiempo le hacía a uno cambiar de opinión acerca de las cosas; las heridas se podían curar y las prioridades cambiaban. Emily entendía por qué Lana había dejado a Sebastian para casarse con el conde italiano. La pasión y el sexo no eran siempre lo más importante para una mujer; aunque Emily estaba segura de que a ella le habría costado muchísimo abandonar la cama de Sebastian.

–Menos mal que nunca he estado en su cama –se dijo un tanto irritada mientras se le iban los ojos hacia la cama todo el tiempo–. ¡Con el trabajo que me cuesta dejarlo sin haber estado!

Pero dejarlo, lo dejaría, se prometía Emily mientras salía del cuarto. ¡Se había terminado lo de ser una mártir!

Sí, estaba enamorada de aquel hombre. ¿Y qué? No era la primera vez que estaba enamorada; lo había estado del canalla de Mark, que la había dejado plantada cuando ella había vuelto a casa a cuidar de su madre.

Sin duda podría volverse a enamorar en el futuro, se iba diciendo mientras bajaba las escaleras.

En primer lugar, sin embargo, debía salir de allí y acceder a un mundo muy distinto al ambiente enclaustrado en el que vivía en su situación presente. Una sala de congresos la pondría en contacto con montones de cotizados ejecutivos a diario. Si volvía a teñirse el pelo de aquel rubio tan llamativo e invertía en un ropero más elegante que acentuara más su bonita figura, estaba segura de que atraería a los hombres sin ningún problema. Solo tendría que separar el grano de la paja y encontrar a un hombre con un buen trabajo que fuera capaz de amar y comprometerse de verdad.

Y si no era tan impresionante como Sebastian... tampoco pasaba nada. En realidad, no había tantos hombres como él.

Sebastian era uno entre un millón. Guapo a rabiar, con una mente brillante, un cuerpo estupendo y más pasiones que ningún hombre que Emily hubiera conocido jamás. Además de sus múltiples logros empresariales, Sebastian era un deportista diestro, además de un experto en antigüedades, en vino y en cualquier tema que captara su interés. Su biblioteca era extensa, con libros de gran cantidad de temas variados, además de una gran variedad de biografías. En una ocasión él le había comentado que se inspiraba cuando leía sobre las vidas de otras personas de éxito: personas que se habían forjado su propio destino y que habían tenido suerte en la vida.

–Y eso es precisamente lo que voy a hacer yo, Sebastian –anunció Emily mientras cerraba el cerrojo del baño–. Voy a labrarme mi propio camino y a buscar la suerte.

A pesar de sus razonables sermones, cuando Emily llegó a su apartamento estaba muy nerviosa. Meterse en la cama no era una opción válida. Era demasiado temprano para eso. Ni tampoco ver la televisión. Últimamente la tele le aburría, y estaba verdaderamente harta de los reality shows. Y leer tampoco le apetecía mucho en ese momento. Pero tal vez darse un baño...

Ya se había dado un baño esa misma tarde, porque aquel era el verano más largo y caluroso de la historia en Sídney. A pesar de que habían entrado en el otoño hacía tres semanas, ese día habían llegado a los treinta y un grados. El agua de la piscina estaría aún caliente, y sin duda resultaría muy agradable meterse.

Emily fue directamente al cuarto de baño, donde se quitó toda su aburrida ropa de ama de llaves y se puso su bañador negro, que estaba colgado sobre la bañera de patas. La prenda aún estaba húmeda, y Emily hizo una mueca solo de pensar en ponerse un bañador mojado.

De pronto se le pasó por la cabeza la tentadora idea de meterse en el agua desnuda. Aunque Emily había sido un poco rebelde en su adolescencia y una amante de las fiestas cuando se había hecho un poco mayor, nunca se había metido desnuda en una piscina.

Al tiempo que desechaba la idea se preguntó qué habría sido de esa chica; entonces empezó a ponerse el traje de baño mojado.

–Me voy a convertir en una solterona amargada, eso es lo que pasa –murmuró Emily.

¡Eso fue la gota que colmó el vaso!

Tiró el traje de baño húmedo de nuevo a la bañera y descolgó el albornoz de felpa blanco que había detrás de la puerta del baño. Con rebeldía, metió los brazos en las amplias mangas de la prenda y se ató el cinturón para ceñir la prenda a su cuerpo desnudo.

Pero una vez que estuvo junto a la piscina no se sintió tan valiente, sobre todo porque tenía que quitarse la bata. Se quedó allí mucho rato, repitiéndose que era imposible que ningún vecino curioso pudiera ver la piscina, y que tampoco había nadie en casa que pudiera verla.

A Sebastian no le gustaba que nadie de los que trabajaban para él viviera en su casa. Solo Emily. Los lunes y los viernes iba una mujer a limpiar a fondo. Y cada vez que Sebastian tenía invitados en casa, Emily contrataba a algunas personas que la ayudaban. Una agencia local se ocupaba de mantener la finca y el jardín a punto, y un hombre iba todas las semanas para mantener el agua limpia.

Emily no tenía ninguna razón para sentirse nerviosa por bañarse sin ropa. Nadie iba a presentarse inesperadamente, y menos su jefe.

En su experiencia, Sebastian era un hombre muy previsible, adicto a la rutina y a la puntualidad. Si había dicho que llegaría a la mañana siguiente, así sería.

Sin embargo, cuando Emily se quitó por fin el albornoz, no pudo dejar de mirar hacia las ventanas oscuras de la casa, preocupada de que de pronto se encendiera una luz allí y Sebastian apareciera en su ventana, mirándola de pronto. Turbada por ese pensamiento, Emily se acercó al bordillo de la piscina, estiró los brazos y se tiró al agua, de donde no salió hasta no estar en medio de la piscina de treinta metros. Mientras se retiraba el pelo con las manos, miró de nuevo con nerviosismo hacia la ventana de la habitación de Sebastian; pero se relajó al verla a oscuras.

La piscina no estaba a oscuras, sino que en el fondo había unas luces indirectas que brillaban a través del agua cristalina. Emily se sintió tanto vulnerable como expuesta mientras disfrutaba de la increíble experiencia de bañarse desnuda. El agua era como seda cálida acariciándole la piel, despertando los sentidos femeninos de su cuerpo.

Nadar a braza excitó sus sentidos todavía más, aunque eso no fuera precisamente lo que ella necesitara en ese momento. Aquellas sensaciones placenteras le llevaron a pensar en Sebastian y en el deseo sexual que él había empezado a inspirarle.

Últimamente se había dado cuenta de que no dejaba de soñar despierta con él, de preguntarse cómo sería ser su novia, o qué sentiría si él la mirara como le había visto mirar a Lana: con el deseo ardiendo en sus brillantes ojos azules.

Emily cambió bruscamente de estilo y empezó a nadar a crol con más vigor, sin sacar la cabeza hasta que llegó al bordillo al otro extremo de la piscina. Mientras se agarraba con fuerza a las losetas de terracota y aspiraba con fuerza, se reprendió para sus adentros por la inutilidad de su amor por su jefe.

¡Cuanto antes se alejara de aquel hombre, mejor!

Emily se apartó del bordillo para flotar de espaldas

un rato mientras movía los brazos despacio para no hundirse. Flotar así no era tan erótico, si no se miraba los pechos generosos y turgentes con los pezones de punta. Era imposible echarle la culpa al frío, porque no hacía ninguno; de modo que tuvo que achacarlo a lo excitaba que estaba pensando todo el tiempo en Sebastian.

Emily levantó la vista hacia el cielo nocturno; un cielo negro y tachonado de estrellas. La luna estaba en cuarto creciente, pero brillaba con fuerza. Emily pensó que era una noche para amantes, o para brujas.

Las luces de seguridad que había junto a la casa se encendieron de pronto, y Emily pegó un respingo al tiempo que emitía un gemido entrecortado. Se dio la vuelta tan rápidamente, que el cabello mojado se le pegó a la cara, de modo que no podía ver a la persona que estaba de pie junto al bordillo de la piscina. Pero reconoció su voz al instante.

–¿Pero qué demonios cree que está haciendo, señorita, bañándose en mi piscina sin ropa?

Capítulo 2

SEBASTIAN! ¡Oh, Dios mío, era Sebastian! ¿Qué cruel giro del destino podría haberle llevado a casa antes de lo previsto, precisamente la única noche que ella había decidido bañarse desnuda?

Emily no sabía qué hacer, si cubrirse los pechos con las manos o retirarse el pelo de la cara para que él pudiera reconocer a la persona que estaba en su piscina.

—Estoy esperando que me responda, señorita —soltó Sebastian.

Molesta por su manera de hablar, Emily metió la cabeza en el agua y la echó hacia atrás para retirarse el pelo de la cara.

Afortunadamente estaba lo suficientemente lejos como para no salpicar a Sebastian, que continuaba de pie junto al bordillo de la piscina, con las piernas separadas, la americana del traje abierta y las manos en jarras.

Parecía que todavía no la había reconocido, aunque tenía la cara totalmente despejada ya.

Emily se dijo que eso era totalmente comprensible, teniendo en cuenta que Sebastian no le miraba la cara sino el resto del cuerpo.

—Soy yo, Sebastian —dijo Emily sin que le temblara demasiado la voz.

Sebastian alzó la mirada para fijarla en sus ojos, al tiempo que su gesto ceñudo desaparecía para dar paso a la confusión total y después a la sorpresa.

–¿Emily? ¡Dios mío, eres tú!

Emily se puso colorada cuando él bajó de nuevo la mirada a sus pechos desnudos. Resistió con valentía el deseo de cubrírselos, ya que el orgullo le pedía que se enfrentara a la situación en lugar de conducirse como una virgen tímida.

Además le daba cierta satisfacción ver a Sebastian allí mirándola de ese modo. Emily sabía que tenía buen cuerpo. Y, desde ese momento Sebastian también lo sabía.

Pero era la suya una satisfacción perversa; porque inevitablemente desembocó en un intenso nerviosismo.

–No te esperaba hoy –respondió ella con cierta tirantez, y un tanto angustiada al ver que Sebastian no parecía capaz de quitarle los ojos del pecho.

Los hombres podían llegar a ser tan superficiales en relación al sexo, pensó Emily.

–Está muy claro que no –dijo él mientras bajaba la mirada un poco más.

Ella levantó la cabeza, visiblemente molesta.

–Me gustaría salir ya –le soltó.

–Qué pena. Estaba pensando en meterme contigo.

–¿Cómo?

–Nada como un baño relajado después de un largo vuelo.

Al ver que se quitaba la americana y la echaba a un lado, Emily sintió pánico. No era posible que su intención fuera la de desnudarse y meterse en el agua con ella. ¡Imposible!

–¿Has... estado bebiendo? –le preguntó con voz trémula.

Él sonrió de medio lado mientras se aflojaba el nudo de la corbata antes de empezar a desabotonarse la camisa azul de vestir.

–En los vuelos en primera siempre te ofrecen los mejores vinos.

Entonces había estado bebiendo; lo cual explicaba

su extraño comportamiento. En todo el tiempo que llevaba trabajando para Sebastian, él nunca había sobrepasado ese límite invisible entre un jefe y su empleada. Ni siquiera cuando ella se había sentado a cenar con él, jamás habían hablado de asuntos personales o cosas privadas, y sus conversaciones habían tratado siempre sobre temas generales. Sebastian nunca había dicho o hecho nada que ella pudiera haber interpretado mal o que le hubiera ofendido.

Estaba claro que esa noche no era él quien hablaba; y perder a Lana debía de haberle afectado mucho.

—No es bueno beber y nadar, Sebastian —señaló ella en buen tono.

—Estás tú para salvarme si me pasa algo.

—No, yo no voy a estar. Acabo de decírtelo. Me salgo ya mismo.

—¿Y si te pido que te quedes?

Emily gimió para sus adentros. Si él supiera lo mucho que le apetecía quedarse.

Pero no estaba dispuesta a que la utilizaran, ni siquiera él.

—No me siento cómoda así, Sebastian.

Él dejó de desvestirse y la miró con los ojos entrecerrados. Finalmente suspiró largamente.

—Tienes razón —dijo él—. Me estoy comportando muy mal. Por favor, perdóname.

Antes de que ella pudiera pronunciar ni una sola palabra de perdón o de cualquier otra cosa, él se agachó a recoger la americana, se dio la vuelta y se marchó, desapareciendo al momento por la puerta trasera.

Emily no perdió ni un momento, y nadó hasta el otro extremo de la piscina, donde tenía el albornoz. Después de ponérselo, cruzó a toda velocidad la zona que rodeaba de la piscina, tomó el camino de piedra y subió apresuradamente las escaleras que conducían a su apartamento, donde cerró la puerta de un portazo.

Solo entonces se dio cuenta de que estaba temblando. Pero no de miedo, sino de nerviosismo por lo increíblemente boba que había sido. Se llevó las manos a la cabeza al darse cuenta de lo cerca que había estado de hacer realidad su fantasía: que Sebastian le hiciera el amor.

Porque cuando un hombre y una mujer se bañaban desnudos juntos, jamás resultaba ser una actividad platónica. Tal vez Sebastian no la hubiera mirado nunca con la misma pasión que había mirado a Lana, pero Emily había visto el deseo en sus ojos mientras la devoraba con la mirada. ¡Eso sin duda alguna!

Emily sabía que para él no sería más que sexo. Ella habría sido una mera sustituta de Lana, un consuelo para su orgullo herido.

Pero su alma enamorada protestaba con fuerza. Al menos habría sabido lo que significaba estar entre sus brazos, que él la besara y la acariciara. Podría haber fingido que no le importaba; al menos durante un tiempo.

¿Y ahora, qué?

Ahora solo le quedaba la frustración y el pesar. Y su estúpido orgullo.

Le entraron ganas de llorar. ¿Por qué no podía haberse dejado llevar? ¿Por qué tenía que ser tan santurrona?

Cualquier otra mujer habría tomado lo que le ofrecían. ¿Y quién sabía? Algo podría haber surgido de ahí; algo especial. Ella tenía mucho que ofrecerle a Sebastian.

Pero él no tenía nada especial que ofrecerle a cambio. Amor no... Tampoco hijos, ni matrimonio.

Solo sexo.

Finalmente reconoció que esa noche se había salvado por los pelos. Solo tenía que entregarle su carta de dimisión a la mañana siguiente... y salir de allí corriendo.

Capítulo 3

EL reloj despertador de la mesilla sonó a las seis y cinco. Después del sobresalto inicial, Sebastian gimió de agotamiento.

A pesar de que se había quedado dormido nada más apoyar la cabeza en la almohada la noche anterior y de haber dormido nueve horas, sintió que tenía un poco de resaca; la primera desde hacía años.

Sin embargo no podía culpar a nadie salvo a sí mismo. Había bebido demasiado durante el viaje de vuelta, aunque Dios sabía que había tenido que hacer algo drástico para olvidar lo que había pasado en Milán.

Y desde luego había funcionado.

Cuando el avión había aterrizado en Mascot, Lana había pasado a la historia, y su único deseo había sido volver a casa.

¿Y qué había pasado? Pues que al llegar a casa se había encontrado a su discreta ama de llaves bañándose desnuda en la piscina y exhibiendo esa clase de cuerpo que siempre le había parecido excitante.

Al principio no la había reconocido y la había confundido con alguna joven atrevida de la vecindad.

Sin embargo, en cuanto se había dado cuenta de que era Emily, debería haber puesto freno a sus alocadas hormonas. En lugar de eso su comportamiento había rayado en el acoso sexual.

Afortunadamente, su sensata ama de llaves le había puesto en su sitio, salvándole de la vergüenza de hacer algo de lo que se habría arrepentido totalmente por la mañana. Por mucho que el deseo lo hubiera sorprendido al ver a Emily así, él la valoraba demasiado como para arriesgarse a perderla.

Afortunadamente, ella había notado que él había bebido y no había parecido ofenderse demasiado. Aunque sus comentarios mordaces habían conseguido que se sintiera como un colegial travieso.

En ese momento todavía se sentía mal; y desde luego un tanto perplejo. ¿Cómo era posible que no se hubiera fijado antes en esos increíbles pechos?

Cuando retiró la ropa de cama y se levantó medio a rastras, Sebastian se preguntó si ella haría esas cosas a menudo; lo de bañarse desnuda. Le parecía muy extraño viniendo de ella.

Aun así, tenía todo el derecho a hacer lo que le apeteciera cuando él estuviera fuera. Y todo el derecho a esperar que él se comportara con ella como un caballero, fueran cuales fueran las circunstancias; o las provocaciones.

Aunque normalmente le costaba disculparse, decidió hacerlo otra vez esa mañana en el desayuno.

Pero de momento tenía que vestirse para bajar al río a hacer sus ejercicios de cada mañana; el ejercicio le aclararía un poco las ideas. Eso, y los dos analgésicos que se iba a tomar ante de salir.

Emily estaba en la ventana de su dormitorio observando a Sebastian, que en ese momento bajaba por el camino del muelle, con su traje de neopreno negro para protegerse del aire fresco que había empezado a soplar la noche anterior. Estaba amaneciendo, y el cielo pasaba de morado al suave azul gris que a menudo precedía al estallido anaranjado en el horizonte.

Emily admiraba la dedicación de Sebastian a sus

ejercicios matinales, pero a veces se preguntaba si no rayaba un poco en la obsesión. Uno imaginaría que después del largo vuelo del día anterior él habría preferido saltarse el ejercicio esa mañana.

Pero no. Allí estaba él, caminando hacia la orilla del río como hacía cada mañana pasadas las seis.

Estaba claro que había dormido bien la noche anterior y no sufría por culpa del desfase horario, ni otros efectos secundarios. Caminaba con la espalda muy recta, el pecho estirado y la cabeza bien alta. Estaba sencillamente espléndido.

–Oh, Sebastian –murmuró ella antes de volverse bruscamente hacia el dormitorio.

¿Cómo era posible que sintiera placer solo con mirarlo? Era extremadamente perverso; tanto como el placer que había sentido cuando él la había mirado la noche anterior.

El amor atontaba a las personas; sobre todo a las mujeres.

Esos pensamientos le dieron coraje para llevar a cabo lo que había decidido hacer la noche anterior; y a enfrentarse a la inevitablemente desagradable discusión que tendría con Sebastian cuando le dijera que se marchaba.

Una hora después estaba poniendo la mesa para el desayuno en el invernadero cuando de pronto oyó el ruido de la puerta de atrás. El dueño de la casa había regresado como siempre lo hacía, a las siete de la mañana. Afortunadamente, siempre subía directamente al dormitorio a darse una ducha y afeitarse. Emily sabía que estaría allí en treinta minutos y que le tocaría plantarle cara.

Se le encogió el estómago mientras imaginaba la reacción de Sebastian a su carta. En lugar de dársela personalmente, Emily había decidido dejársela en la mesa de desayuno.

A las siete y media Emily estaba junto a la cafetera, ensayando mentalmente su discurso sobre las razones que la habían llevado a redactar su carta cuando sintió un escalofrío en la espalda. Sabía antes de darse la vuelta que Sebastian estaría a la puerta.

Iba como siempre elegante, con unos pantalones color beis y una camisa de manga larga de rayas negras y crema.

Emily trató de calmar los alocados latidos de su corazón, que se revolucionaba nada más verlo; pero no pudo hacer mucho.

—¿Sí? —dijo en un tono un tanto chillón, pensando con irritación que ningún hombre tenía derecho a ser tan atractivo.

—Quería disculparme otra vez por lo de anoche —le dijo él con su voz varonil y aterciopelada—. Estuvo totalmente fuera de lugar.

—No pasa nada, Sebastian —le respondió en tono seco—. Absolutamente nada.

Él frunció el ceño.

—¿Estás segura? Parecías... un tanto extraña esta mañana.

—Solo estaba un poco avergonzada.

—No tienes por qué estarlo.

—Pensaba que no volvías a casa hasta hoy por la mañana —le dijo ella, en tono de ligera acusación.

—Conseguí cambiar el billete para venirme antes.

—Me diste un susto de muerte.

—Yo también me asusté bastante al verte desnuda en la piscina. Sin ropa no te reconocí.

Emily hizo una mueca de pesar.

—¿Por favor, Sebastian, podríamos olvidarnos de lo de anoche?

—Si tú lo prefieres...

—Así es.

—Bien —dijo él con naturalidad—. No voy a tomar un

desayuno completo esta mañana; solo unas tostadas. Tráeme el café en cuanto esté listo, por favor –añadió.

Y dicho eso salió de la cocina.

Emily cerró los ojos y esperó a que la llamara, como sabía que lo haría enseguida.

–¿Emily, quieres venir un momento, por favor? –se oyó su voz áspera desde el invernadero menos de treinta segundos después.

Emily dejó la cafetera. Se puso derecha, aspiró hondo y se dirigió hacia el invernadero, con los puños apretados a los lados del cuerpo. Se iba diciendo que de ningún modo debía permitir que él la convenciera para que se quedara, que debía ser fuerte.

Las puertas dobles que separaban el comedor del invernadero estaban abiertas de par en par, como lo estaban cada mañana. Sebastian estaba de espaldas a ella cuando entró, pero la postura de su cabeza y de sus hombros encerraba una tensión que la intimidó. Emily sabía, antes de ver la formidable expresión de su rostro, que Sebastian no estaba contento.

–¿Qué significa esto? –le soltó en cuanto estuvo delante de él.

Emily vio que tenía su carta en la mano derecha.

–Pensaba que habías dicho que nos olvidáramos de lo de anoche.

Emily aspiró hondo y soltó el aire despacio mientras abría los puños y se agarraba las manos por delante para fingir serenidad y compostura.

–Mi dimisión no tiene nada que ver con lo de anoche, Sebastian –le dijo con calma–. Ya había redactado esa carta antes de que tú vinieras a casa. Me han ofrecido otro empleo, y he decidido aceptarlo.

–¿Otro empleo? –repitió, tanto sorprendido como visiblemente ofendido–. ¿Qué otro empleo? De verdad espero que ninguno de mis llamados amigos te haya echado el guante –añadió.

El azul de sus ojos era el de un cielo tormentoso.

–No he aceptado ningún puesto de ama de llaves en otra casa –le informó Emily con alivio–. Seré la subdirectora de una nueva sala de congresos en Darling Harbour. Si recuerdas mi currículum, tengo un título de especialista en gerencia hotelera. También trabajé durante varios años en la recepción y en el departamento de relaciones públicas del Regency Hotel, de modo que estoy bien cualificada para el puesto.

Él la miró durante unos segundos, mientras golpeaba con la carta la palma de la mano izquierda. Finalmente dejó de hacer aquello que tan nerviosa le estaba poniendo y dejó la carta sobre la mesa, Inconscientemente Sebastian movía los labios con un movimiento nervioso, señal del enfado que trataba de contener.

–¿Y cómo te ha surgido esta oferta? –le preguntó en tono seco.

–Me inscribí en una agencia de empleo. Me enviaron a hacer una entrevista el jueves, y ayer por la tarde me llamaron para ofrecerme el puesto.

–¿Con solo una entrevista? Debiste de impresionarles.

–Eso parece.

–Supongo que llevas un tiempo pensando en marcharte. Por lo que sé del mundo empresarial, uno no consigue una entrevista como esa de la noche a la mañana.

–Llevo un par de semanas buscando otro empleo.

–¿Por qué, Emily? Pensaba que estabas contenta aquí.

–He estado muy contenta aquí.

En su rostro se dibujó la confusión.

–¿Es el sueldo, entonces? ¿Quieres más dinero?

–No, no quiero más dinero.

–¿Quieres más tiempo libre?

–No. Tengo tiempo libre de sobra, Sebastian, teniendo en cuenta que tú te vas de viaje de negocios cada dos semanas más o menos.

–¿Entonces qué es lo que quieres, Emily? Debes saber que haré todo lo posible para que no te marches.

Emily sabía que él adoptaría esa táctica; pero estaba lista para ello.

–No puedes darme lo que quiero, Sebastian.

–Ponme a prueba.

–Quiero casarme y tener hijos antes de ser demasiado mayor. Voy a cumplir treinta y cinco y...

–Espera un momento –la interrumpió bruscamente–. Si no recuerdo mal, tenías treinta y seis cuando solicitaste este trabajo. Eso quiere decir que vas a cumplir treinta y ocho, no treinta y cinco.

Emily suspiró. No tenía sentido en ocultar algo que no podía seguir ocultando.

–No pensé que me contratarías si te decía que tenía solo treinta y tres años. Así que te dije que tenía tres más.

–Entiendo. ¿Y qué otras cosas me dijiste para que te contratara?

Emily hizo una mueca. ¿Qué importaba ya si le contaba la verdad?

–En la agencia me advirtieron que no me vistiera con demasiada elegancia, y que no fuera demasiado llamativa. Así que me teñí el pelo de castaño y me puse gafas. Sí, y luego te mentí cuando te dije que me había operado la vista con láser; porque no podía soportar llevar gafas.

–Es comprensible. Por esa razón yo me traté la miopía con láser.

Cuando se arrellanó en el asiento y empezó a estudiarla con detenimiento, Emily tuvo que echar mano de su a menudo practicada, y muy a menudo fingida, compostura para permanecer en calma y quieta. Pero por dentro quería escapar de aquella mirada que se paseaba por su cuerpo. Porque la estaba desvistiendo con la mirada, despojándola del fino chándal azul marino que se había puesto esa mañana y mirándola como lo había hecho la noche anterior.

A Emily le costó mucho no sonrojarse.

–¿Entonces cuál es tu color natural de pelo? –le preguntó él finalmente.

–En realidad mi pelo es castaño –respondió Emily, orgullosa de que no le temblara la voz–. Pero me lo he teñido de rubio desde los dieciséis.

–Entiendo. Seguramente antes de venir a trabajar conmigo tenías un vestuario algo más coqueto. Por mucho que quieras que me olvide de anoche, me resultó imposible no fijarme en que tienes... una figura... deliciosa.

Esa vez sí que se ruborizó.

–Entonces no me importaba mi aspecto.

–Pero ahora sí...

–Sí. Ahora sí.

–Porque quieres buscarte un marido.

–Sí.

–¿Y te parece que no puedes hacerlo si estás trabajando para mí?

–Vamos, Sebastian, nunca voy a conocer a ningún posible marido si me quedo aquí, trabajando en tu casa. Tal vez no te hayas dado cuenta, pero no tengo vida social. Hasta ahora había sido mi elección, lo reconozco. Cuando acepté este empleo, necesitaba retirarme del mundo. Necesitaba tiempo para curarme.

–Supongo que te estás refiriendo a la muerte de tu madre.

Emily frunció el ceño antes de recordar que había mencionado la muerte de su madre en la primera entrevista. Había tenido que explicar lo que había estado haciendo durante los años anteriores a solicitar aquel puesto de ama de llaves.

–A eso –dijo Emily– y a otras cosas.

–¿Qué otras cosas?

Su persistencia empezaba a resultarle muy molesta.

–Eso ya es mi vida privada.

Él pareció un poco dolido por su respuesta seca.

–Pensaba que nos habíamos hecho amigos durante el tiempo que has estado aquí, Emily –dijo con una suavidad que la desarmó.

–Por favor, Sebastian, no me lo pongas más difícil de lo que ya me resulta.

–En realidad no te quieres marchar, ¿verdad?

Emily hizo lo posible para que él no leyera la verdad en sus ojos; pero sospechaba que había fracasado.

–Yo tampoco quiero que te marches –dijo él–. Tú eres la mejor ama de llaves que he tenido en mi vida. Contigo, es un placer volver a casa.

Oh, Dios...

–Tengo que seguir adelante con mi vida, Sebastian.

–¡Tonterías! –respondió él, dando una palmada en el brazo de la silla–. No tienes que hacer eso. Tiene que haber una solución a este problema para que los dos tengamos lo que queremos.

–Yo no la veo.

Se quedó mirándola un rato cuando de pronto una chispa iluminó su mirada con esa clase de gesto que acompañaba una idea genial.

–Lo hablaremos durante el almuerzo –anunció Sebastian.

Emily suspiró con exasperación.

–Sebastian, no vas a conseguir que cambie de opinión.

–Dame la oportunidad de intentarlo al menos.

–Si insistes.

–Insisto.

Emily apretó los dientes. ¡Qué hombre más imposible!

–¿Qué te gustaría almorzar? –le preguntó ella tranquilamente, empeñada en no ponerse nerviosa.

–Te voy a invitar a comer fuera, Emily.

Ella pestañeó y lo miró embobada mientras el corazón le golpeaba con fuerza en el pecho.

–Y quiero que te vistas como te vestiste cuando conseguiste ese trabajo nuevo –añadió Sebastian mientras le echaba una mirada de complicidad.

–¿Cómo?

–Estoy seguro de que no te has asegurado un puesto así con la ropa que llevabas esta mañana. Después del desayuno, tengo que ir al centro a solucionar unos asuntos de negocios, pero estaré de vuelta sobre las doce. A las doce y media saldremos.

–Estás perdiendo el tiempo, Sebastian –le dijo ella, desesperada ya por agarrarse a la poca compostura que le quedaba.

–Yo nunca pierdo el tiempo, Emily –respondió Sebastian en tono confiado.

Ella sintió un escalofrío de aprensión y tuvo miedo; miedo a que al final del almuerzo se hubiera olvidado de sus sensatos planes y acabara haciendo exactamente lo que Sebastian le sugiriera.

–Ese café huele bien –continuó él bruscamente mientras abría el diario de la mañana–. Será mejor que lo traigas antes de que se queme.

Capítulo 4

A LAS nueve, Sebastian se había marchado adonde fuera que se dirigiera; seguramente a su despacho, razonó Emily, ya que se había llevado su coche, un Maserati Spyder gris metalizado que hacía juego con el dueño en estilo y poder.

La oficina de Industrias Armstrong estaba situada en un rascacielos en pleno distrito empresarial de Sídney, y tenía su propio aparcamiento subterráneo que proporcionaba estacionamiento a los arrendatarios de los espacios para oficinas.

Los ejecutivos de Industrias Armstrong no tenían que tomar el tren o el autobús para ir a trabajar. Ni tampoco tenían que pagar los precios exorbitantes que cobraban los aparcamientos públicos de la ciudad porque uno de los pluses que tenían sus empleos era una plaza para aparcar el coche.

Como presidente y dueño de la compañía, Sebastian tenía dos plazas de aparcamiento privadas.

Emily sabía eso porque Sebastian le había ofrecido el uso de una de ellas el año anterior, un poco antes de navidad, después de que ella se quejara un día de lo difícil que resultaba aparcar en la ciudad. Cuando ella le había dado las gracias por su amable oferta, Lana, que había estado allí en ese momento, había comentado con mordacidad que los estallidos de generosidad de Sebastian siempre tenían un motivo oculto y que sería mejor que tuviera cuidado.

Emily no había visto qué motivo oculto podría haber tenido su jefe en esa ocasión, pero tenía que conceder que Sebastian Armstrong era básicamente un hombre absorto en sus intereses y en sus preocupaciones, como lo eran la mayoría de los hombres de éxito.

Por eso mismo sabía que las razones de Sebastian para invitarla a comer ese día eran enteramente egoístas. En realidad a él le importaba muy poco lo que ella quisiera; solo le interesaba que no dejara de ser su ama de llaves.

Aunque seguía siendo un misterio para ella que él le hubiera pedido que se arreglara para salir. Bien podía ser que le diera vergüenza aparecer en público con una mujer cuyo aspecto dejaba mucho que desear; un aspecto como el que tenía esa mañana, con su feo chándal azul y el pelo recogido.

¿Qué pensaría Sebastian cuando la viera con su elegante conjunto de ante, bien peinada y maquillada?, se decía Emily mientras completaba las tareas domésticas

¿Se llevaría tal vez una sorpresa agradable? Eso esperaba. Sinceramente, esperaba que se quedara patidifuso.

Anhelaba tanto disponer de esa oportunidad para demostrarle que era una mujer atractiva… Tal vez no con tanto glamour ni tan sexy como Lana, pero aun así capaz de atraer la atención de los hombres.

Y aunque estaba muy nerviosa por el almuerzo, pensaba aprovechar la oportunidad al máximo.

Al mediodía Emily se había puesto todo lo guapa y elegante posible, pero estaba mucho más nerviosa que unos días antes cuando había ido a la entrevista de trabajo. Sin embargo, no dejaba de preocuparse pensando en los argumentos que utilizaría Sebastian para persuadirla para que se quedara; y su apariencia dejó de ser el centro de sus pensamientos.

El ruido repentino de la puerta del garaje la sacó de

su ensimismamiento, y Emily corrió a la ventana que daba al camino. Llegó justo a tiempo para ver el techo del deportivo de Sebastian desaparecer por la entrada del garaje, cuya pesada puerta se cerró al momento automáticamente.

¡Qué extraño que Sebastian guardara el coche! ¿Querría eso decir que ya no iban a salir a comer? ¿Habría decidido que no merecía la pena invitarla?

Emily estaba todavía a la ventana cuando llamaron a la puerta. Se dijo que seguramente sería Sebastian para decirle que no saldrían a comer.

Hizo de tripas corazón y fue a responder, esperando que él no notara su decepción. Pero en el fondo le pesaba un poco hacer perdido tanto tiempo arreglándose el pelo, tal y como lo había hecho la peluquera hacía unos días, prácticamente mechón por mechón. Había tardado un siglo; y lo mismo le había pasado con el maquillaje. ¡Qué pérdida de tiempo!

Aspiró hondo para calmarse, y abrió la puerta con expresión impasible.

Sebastian no se quedó patidifuso al verla, pero sí que la miró largamente.

—Tal y como yo pensaba —dijo él con satisfacción mientras la miraba de arriba abajo—. No eres una mujer feúcha, ¿verdad, Emily? Claro que nunca pensé que lo fueras. Es imposible esconder tu preciosa piel y tus bonitos ojos; en cuanto a tu figura despampanante... Te confieso que la has ocultado de maravilla en estos dieciocho meses. Pero lo de anoche puso fin a tu pequeño subterfugio.

Emily trató de no sonrojarse, sobre todo para no perder la compostura y mantener la calma, pasara lo que pasara.

—Es agradable ver que aprovechas bien tu figura —añadió mientras bajaba la vista al discreto canalillo que se veía por la camisola de pronunciado escote.

Emily se puso nerviosa al notar que se le ponían los pezones duros debajo de la copa del sujetador sin hombreras. ¡No! ¡No, no y no!

Había llegado el momento de ponerle freno a aquello antes de que la situación se volviera humillante para ella.

–Gracias –respondió con frialdad–. Supongo que has cambiado de opinión en cuanto a llevarme a comer.

Su suposición le sorprendió mucho más de lo que le había sorprendido su apariencia un momento antes, porque echó la cabeza hacia atrás y arqueó las cejas.

–¿Por qué dices eso?

–Porque has guardado el coche.

–Ah, ya entiendo. No, he pedido un taxi. Es mejor que intentar aparcar en el muelle. Estará aquí a las doce y media, de modo que será mejor que me ponga algo más adecuado para almorzar con una dama tan bella.

No sirvió de nada, porque esa vez sí que se sonrojó. Emily se enfadó mucho tanto por su reacción como por la alegría y el alivio que sintió cuando se dio cuenta de que el almuerzo seguía en pie.

–Los elogios no me harán cambiar de opinión, Sebastian.

–Gracias por advertírmelo, Emily; pero jamás confiaría en los elogios para algo tan importante como conservarte a mi lado.

Emily se puso derecha con aire de desafío, aguijoneada por la suprema confianza en sí mismo de su mirada.

–No tiene sentido ofrecerme dinero tampoco; ni mejores condiciones de trabajo.

–Mira, dejemos la discusión para después. El taxi estará aquí dentro de veinte minutos. ¿Nos encontramos en el porche de delante, digamos, un poco antes de y media?

Emily suspiró.

–De acuerdo.

–No tienes por qué ponerte así. En el peor de los casos, habrás comido gratis; en el mejor... –se encogió de hombros, claramente reacio a revelar todavía sus planes de batalla–. Tengo que dejarte un momento, Emily. Te veo en un rato.

Emily sacudió la cabeza mientras cerraba la puerta. Sebastian tenía la intención de persuadirla para que se quedara. El modo de conseguir ese objetivo era la inquietante cuestión.

Además, a medida que pasaban los minutos, Emily se decía con cierta obsesión que no existía una comida gratis.

A las doce y media tomó su bolso color tostado a juego con el traje, cerró con llave la puerta de su apartamento y bajó las escaleras. Con cada paso recordaba lo estrecha que le estaba la falda y lo altos que eran los tacones.

Aunque estaba más que encantada con su aspecto de elegante mujer de ciudad, se alegró de que la chaqueta le tapara bien el pecho. Afortunadamente, la mañana seguía algo fresca, aunque el cielo estaba despejado y hacía sol, de modo que podía seguir con la chaqueta puesta sin sentir calor.

No tardó mucho en cerrar la puerta de atrás de la casa principal, y durante todo el tiempo se repitió que debía mantener la calma y que no debía permitir que Sebastian le hiciera cambiar de opinión, dijera lo que dijera.

Mientras salía al porche delantero se le ocurrió de pronto que no era lo que él le dijera, sino lo que le hacía sentir con sus palabras.

Sebastian la esperaba ya en el porche. Emily ya sabía que sentía placer solo de mirarlo; pero que él la invitara a comer era algo totalmente distinto. Si no quería perder la cabeza, tendría que ir con cuidado.

Él estaba fantástico, vestido con un elegante traje

gris, camisa azul y corbata gris plata. El cabello, peinado para atrás parecía ligeramente húmedo, como si se hubiera dado una ducha rápida. Tal vez incluso se hubiera pasado la maquinilla, puesto que se le veía la piel perfecta.

–Me encantan las mujeres puntuales –dijo con una sonrisa afable–. ¿Has cerrado la puerta de atrás?

–Por supuesto –respondió ella con profesionalidad.

–Por supuesto –repitió él, pero no fue ni en tono desagradable ni sarcástico.

Aun así a ella le molestó.

–El taxi ha llegado –Emily asintió con la cabeza hacia las verjas de entrada, que estaban todavía cerradas.

Sebastian tomaba taxis a menudo, pero jamás les dejaba entrar. Valoraba su intimidad y su seguridad; algo comprensible, teniendo en cuenta la magnitud de su fortuna.

–Voy a cerrar con llave la puerta –dijo él.

Emily aprovechó para respirar hondo y relajarse un poco. Sebastian se dio la vuelta y la agarró del brazo, sorprendiéndola con su gesto.

–Vamos, Emily –le respondió él en tono suave–. No te voy a morder.

Entonces ella se dio cuenta. Era así como él iba a convencerla para que se quedara, utilizando su encanto, que era considerable. Le había pedido que se pusiera guapa para que se sintiera más femenina y estar más vulnerable.

Y, por supuesto, estaba funcionando.

–Aún no me he recuperado de lo guapísima que estás –continuó él mientras bajaban primero las escaleras del porche y luego avanzaban por el camino hasta la verja–. Pero tienes razón, creo que estarías mucho mejor con el pelo rubio; y con una melena corta para que se te vea ese cuello de cisne que tienes.

El carácter taimado de su táctica provocó en ella rebeldía, al igual que aquel calor traicionero que sentía por todo el cuerpo.

–Lo tendré en cuenta antes de empezar en mi nuevo trabajo –respondió Emily en tono despreocupado.

Sin embargo no pareció causar el efecto deseado, ya que él se echó a reír.

–Sabes, esta mañana cuando estabas hablando me di cuenta de que eres como yo –dijo Sebastian.

–¿Como tú? –respondió Emily, asombrada por su observación tan poco probable.

–Totalmente. Tú haces lo que hay que hacer; y no fantaseas ni eres romántica. Eres una persona realista y práctica.

Como habían llegado a la verja, Emily no quiso decirle en ese momento que él no la conocía de nada. ¡Llevaba semanas fantaseando con él!

Cuando salieron y se montaron en el taxi, Emily aprovechó el momento para volver a ser precisamente lo que Sebastian había sugerido: una mujer realista con la cabeza fría...

O al menos hasta que estuvieron sentados en el taxi, se decía mientras pensaba en que la proximidad de Sebastian en el interior del vehículo no la ayudaría a pensar con sensatez. La falta de conversación tampoco le era de mucha ayuda. Se puso un poco nerviosa porque de pronto no había nada que distrajera su imaginación calenturienta, ni que le impidiera volverse loca.

¿Sería posible que su plan fuera seducirla? Emily se quedó perpleja solo de pensarlo. ¿Tanto esfuerzo tenía pensado hacer para conservarla? ¿Y si le hacía alguna proposición, qué hacer?

La noche anterior le había pesado no dejarle que se metiera en la piscina con ella. Ese día, sospechaba que pudiera acabar a su merced; aunque en el fondo no pensaba que Sebastian se atreviera a llegar tan lejos. No era un mujeriego; ni un seductor en toda regla. Era un caballero por los cuatro costados. Por eso se había quedado tan sorprendida la noche anterior cuando él le había dicho que quería meterse con ella en la piscina.

–¿Has aceptado oficialmente la oferta de trabajo?

La inesperada pregunta de Sebastian le llamó la atención, y Emily volvió la cabeza rápidamente.

–No me gusta apresurarme en mis decisiones –le dijo con serenidad.

Él asintió.

–Eres una chica sensata.

–Eso no quiere decir que no decida después, Sebastian –continuó Emily, con ánimo de dejarle clara su postura–. Por eso esta mañana te he dado mi carta de renuncia. Dentro de tres semanas ya no estaré trabajando para ti. Eso debes creerlo.

–Te creo.

–¿Entonces qué sentido tiene esta comida?

–Trato de hacerte una contraoferta.

–¿Qué clase de contraoferta?

Él se llevó el índice a los labios.

–Cuando estemos solos –susurró.

Ella se quedó mirándole el dedo, y luego los labios.

Sebastian tenía una boca sensual que contrastaba con el resto de sus facciones, esculpidas con líneas más severas; los labios eran suaves y carnosos, mientras que los pómulos eran altos, la nariz larga y fuerte y el mentón cuadrado e igualmente firme.

Pero eran sus ojos los que dominaban su rostro, y los que inevitablemente llamaban la atención. Profundos y de un azul brillante rodeado de un borde azul más oscuro, sus ojos resultaban penetrantes y magnéticos.

Sin darse cuenta, Emily se quedó mirando esos ojos, pensando que haría cualquier cosa que él le pidiera si la miraba de ese modo, como si fuera una mujer atractiva... una mujer deseable.

No podía apartar los ojos de él, sin importarle más que ese momento, ese instante íntimo, precioso…

–¿Dónde quiere que le deje? –preguntó el taxista.

Sebastian se volvió a mirar al otro y la magia del momento se rompió. Por su parte, Emily sintió como si le arrancaran un brazo, mientras volvía a la realidad para enfrentarse a la fantasía con la que había interpretado lo que acababa de pasar y lo que esperaba que pasara más tarde.

Sebastian no iba a seducirla; le iba a ofrecer dinero.

Su jefe era un hombre que encontraba soluciones prácticas a los problemas que le iban surgiendo, no soluciones que pudieran causarle más problemas todavía. Seducir a su ama de llaves sería una solución muy arriesgada, sobre todo para un hombre rico. Sebastian no pondría en peligro su reputación. Ella no era tan valiosa para él.

–Aquí mismo –le dijo Sebastian al conductor.

El taxi se detuvo despacio junto a la acera justo a la puerta de la terminal del ferry.

Desde allí solo había un paseo corto hasta los restaurantes y las terrazas al aire libre de los cafés que bordeaban el muelle y desde donde había unas estupendas vistas del puerto, el puente y la ópera.

Emily no tenía idea de dónde la llevaba Sebastian, pero se imaginaba que sería a uno de los mejores restaurantes.

Almorzar con él, sin embargo, había perdido ya el interés para ella. Se alegraría cuando hubiera terminado; y mucho más cuando él aceptara gentilmente su decisión de marcharse.

Emily abrió la puerta y salió del taxi, sin esperar a que Sebastian lo hiciera por ella.

Se acabó fantasear con él, se decía mientras esperaba a que Sebastian terminara de pagar al conductor. No más estúpidas fantasías; ni seguir diciéndose que debía hacer una cosa y a la vez soñar con otra. Debía aceptar la realidad tal y como era y vivirla; ser la mujer realista que él pensaba que era.

–¿Emily?

Una sorprendida Emily se dio la vuelta al oír que alguien la llamaba.

–Pero si eres tú –dijo el dueño de la voz masculina mientras se acercaba a ella con una sonrisa en su apuesto rostro–. No te había reconocido con el pelo castaño.

Capítulo 5

¡INCREÍBLE! Emily no podía creer que se hubiera encontrado precisamente con Mark. Pero él vivía en Manly, y siempre había tomado el ferry para ir al trabajo. Además trabajaba muchos sábados, ya que era uno de los socios de una importante empresa de correta-je de bolsa.

Supuso que en realidad no era tan extraño encontrár-selo allí. Sin embargo...

–Estás estupenda –continuó diciendo Mark, comién-dola con los ojos.

–Tú también –respondió ella.

En el fondo le hubiera gustado que le hubiera salido barriga o que se hubiera quedado calvo en los cuatro años que hacía que la había dejado; pero en realidad estaba me-jor que nunca. No era tan alto ni tan despampanante como Sebastian, pero sí muy atractivo. Mark vestía muy bien. Además, le gustaban mucho las mujeres. En ese momento, la miraba de arriba abajo, con aquel brillo en sus ojos ne-gros que a Emily siempre le había encantado porque siem-pre había creído que su deseo había sido solo para ella.

En retrospectiva, Emily sospechaba que seguramen-te miraba a todas las mujeres atractivas con esos ojos que parecían decir «me encantaría llevarte a la cama».

–He pensado a menudo en ti, Emily.

Mark bajó la voz para decírselo, pero Emily por fin entendía que no era más que una treta para parecer sin-cero.

—Y yo en ti, Mark.

Él no pareció percibir la frialdad de su respuesta.

—¡Santo cielo! —exclamó de pronto cuando dejó de mirarla a ella y se fijó en alguien que estaba detrás de ella—. ¡Pero si es Sebastian Armstrong!

Emily se dio la vuelta y vio que Sebastian estaba bajando del taxi.

—Sí, lo es —concedió con tranquilidad—. Me va a invitar a comer.

Emily disfrutó de la cara de sorpresa de Mark.

—Se ve que te mueves en círculos selectos últimamente.

—Sebastian es mi jefe.

—Ya lo veo. El mismo Sebastian Armstrong en persona. Mira... ¿puedo llamarte? Sería estupendo ponernos al día.

A Emily le estaba costando disimular la rabia que le daba que Mark creyera que pudiera apetecerle que él la llamara.

—No lo creo, Mark —respondió ella con la misma frialdad.

—¿No? Ah, bueno, supongo que tienes cosas más importantes que hacer —le dijo él en tono desagradable mientras miraba a Sebastian con asco.

—Solo es mi jefe, Mark.

—¿Entonces por qué es más que evidente que no le hace ninguna gracia que estés hablando con otro hombre?

—¿De verdad?

Esa vez fue Emily la sorprendida. Pero al mirar a Sebastian vio que este parecía asombrado y un poco molesto. El muy cobarde de Mark eligió ese momento para desaparecer.

—El maldito taxista fingió que no tenía cambio —murmuró Sebastian mientras se acercaba a ella—. Al final le di un billete de cincuenta dólares; que supongo que era lo que buscaba desde el principio. Pero me fastidia darle una propina tan grande a una persona que no se la gana.

Emily se reprendió para sus adentros por pensar siquiera que Sebastian pudiera haber sentido celos. Otra vez se había dejado llevar por la imaginación; claro que eso se estaba convirtiendo en una costumbre cada vez que estaba con Sebastian.

–Por aquí –le dijo él mientras la agarraba del brazo y echaban a andar por una parte donde no pasaba tanta gente.

Circular Quay era un lugar muy concurrido, incluso los sábados, ya que era sobre todo un punto muy visitado por los turistas.

Hacía años que Emily no había estado en esa parte de la ciudad, pero estaba familiarizada con la zona. Después de todo, en su día había trabajado en la ciudad. También había vivido con Mark en su apartamento en Manly, y cada mañana había tomado el mismo ferry que él para poder pasar todo el tiempo posible con él.

¡Qué estúpida y romántica había sido entonces! Claro que eso ya había cambiado.

–¿Y quién era ese hombre con quien estabas hablando hace un momento? –le preguntó Sebastian mientras la conducía por el soleado muelle–. Y no me mientas, Emily –continuó antes de que ella pudiera abrir la boca–. Soy demasiado buen juez del lenguaje corporal, y sé cuándo un hombre y una mujer han significado algo el uno para el otro, aunque fuera en el pasado. No te quitaba los ojos de encima. Y tú... Parecía como su presencia hubiera despertado tus instintos asesinos... Si las miradas mataran...

Emily supuso que no había razón para no decirle la verdad; aunque su vida privada no era asunto suyo.

–Mark es un antiguo novio –admitió.

–¿De hace cuánto?

–¿A qué te refieres?

–¿Hace cuánto que rompisteis?

–Hace más o menos cuatro años.

–¿Qué pasó?

–A mi madre le diagnosticaron cáncer, eso fue lo que pasó –respondió en tono seco, descargando parte de la amargura que llevaba años acumulada–. A Mark no le gustó mi decisión de volver a casa para cuidar de ella. Antes de eso, estábamos viviendo juntos. Pero él no podía soportar tener una novia que no estuviera allí para él las veinticuatro horas del día.

–Está claro que no le importabas mucho –comentó Sebastian.

–Al final me di cuenta –dijo Emily con un suspiro–. Pero me dolió mucho que me dejaran en un momento tan angustioso.

–Lo amabas mucho, ¿verdad?

Emily deseó que no hubiera sido así; pero si dijera lo contrario, mentiría; y no tenía sentido negarlo en ese momento.

–Sí –dijo sin más–. Así era.

–Es culpa de él que no hayas querido tener novio desde entonces, ¿verdad?

Emily empezó a sentirse incómoda con las preguntas personales de Sebastian; de modo que se paró en seco y lo miró a los ojos.

–¿Podríamos cambiar de tema, por favor?

–Solo intento conocerte mejor –dijo él.

–¿Por qué? ¿Para saber qué hilos mover para manejarme mejor?

Sebastian esbozó una sonrisa de pesar.

–No te andas con miramientos, ¿verdad?

–Sencillamente, no me gusta que me tomen por tonta, ni que me engañen.

–Sería muy difícil engañarte, Emily.

No, no lo sería, pensaba ella mientras lo miraba con expresión ceñuda. Mark la había engañado antes. Y también su padre. Pensándolo bien, Sebastian también podría engañarla; con más facilidad de lo que pudiera imaginarse.

–Esperaría que no lo intentaras –dijo muy seria.

Él frunció el ceño mientras la observaba con expresión pensativa.

–Yo también.

–¿Entonces cuál es esa contraoferta que me ibas a hacer? –le preguntó, nerviosa por saberlo–. Estamos solos, así que ya no hay razón para que no puedas contármela.

–Creo que deberíamos llegar al restaurante antes de que le den nuestra mesa a otros.

A Emily le costó contener el fastidio por aquel aplazamiento más. Sebastian la condujo hasta un restaurante tailandés cercano que tenía una terraza al aire libre donde daba el sol y donde había unas vistas magníficas. Cuando estuvieron sentados en una de las mesas protegidas por alegres sombrillas y los camareros habían tomado nota del vino, se le estaba agotando la paciencia. Tenía el estómago encogido de los nervios, pero cada vez estaba más decidida a seguir adelante.

–Déjate de evasivas, Sebastian –insistió ella–. Suéltalo ya.

–Muy bien –dijo él, mirándola fijamente con aquellos ojos de un azul intenso–. Debo advertirte, sin embargo, que seguramente al principio te vas a quedar sorprendida. Prométeme que le darás a mi proposición la debida consideración. No la rechaces de plano.

–¿Tu proposición de qué?

–De matrimonio.

Emily sabía que si en ese momento hubiera tenido una copa de vino en la mano se le habría caído al suelo, o se habría vertido el vino encima.

Que se había quedado sorprendida sería decir poco; asustada tampoco resultaba suficiente para matizar sus sentimientos. Aturdida se acercaba un poco más, pero no terminaba de captar las emociones que la asaltaban en ese momento.

—En caso de no haberlo dejado muy claro —continuó diciendo—, quiero que sepas que no te estoy proponiendo una especie de trato de negocios, o un matrimonio de conveniencia. Esto sería un matrimonio en todos los sentidos de la palabra. Soy bien consciente de que deseas tener al menos un hijo, Emily, y estoy listo para darte lo que quieres.

Tenía que estar bromeando, pensaba Emily con aturdimiento sin poder apartar los ojos de él... Sin embargo... ¡No! ¡Se lo estaba diciendo en serio! Se le notaba en la mirada.

—Yo... no sé qué decir —respondió ella con un hilo de voz.

—Un sí sería aceptable —respondió él con una leve sonrisa.

Ella observó su sonrisa. Se había quedado con la boca abierta y notó que se le secaba la boca. Cerró la boca y se pasó la lengua por los labios resecos; entonces negó con la cabeza, más que rechazando nada, sencillamente aturdida.

—Sebastian, uno no le pide a su ama de llaves en matrimonio solo para que no se le marche. Es una locura; sobre todo viniendo de un hombre que ha dejado claro que no quería casarse nunca ni mucho menos ser padre.

Ella le había oído decirle esas cosas a Lana; y en tono bien alto y claro.

—Hasta ahora no había querido, es cierto. Pero tampoco había conocido a una mujer con la que quisiera casarme. Quiero casarme contigo, Emily.

—¿Pero por qué? Tú no me amas. Sigues queriendo a Lana; lo sé.

—Entonces sabes algo que yo no sé —afirmó con frialdad—. No sigo amando a Lana; porque para empezar nunca la amé.

–¿Entonces por qué vas detrás de ella?

Él se encogió de hombros.

–Hay cosas que no le había dicho y que tenía que decirle. El viaje a Italia ha sido en parte por pura curiosidad, y en parte para cerrar el tema.

Emily no estaba convencida en absoluto. De haber sido ese el caso, no habría bebido tanto en el vuelo de regreso. Él no era bebedor. A Sebastian le gustaba tomarse un par de vasos de vino con las comidas, pero jamás lo había visto tan embriagado como la noche anterior.

Él podía decir lo que le diera la gana. Pero ella sabía que había amado a Lana, y aún no lo había superado. En absoluto.

El camarero llegó con la botella de vino blanco que Sebastian había pedido, poniendo fin durante unos momentos a la conversación y dándole también a Emily la oportunidad de controlar sus emociones y de contemplar con más sensatez la proposición de matrimonio de Sebastian.

Era una auténtica locura, y al mismo tiempo algo muy típico de Sebastian.

Sebastian mataría dos pájaros de un tiro, y solucionaría sus problemas presentes: conservaría a su ama de llaves y llenaría el espacio vacío que Lana había dejado en su cama.

Solo en pensar en sustituir a la otra mujer en su cama a Emily empezó a darle vueltas la cabeza. Por mucho que en el fondo lo deseara y la emocionara tener a Sebastian de marido y de amante, no podía ignorar que si se casaba con él siempre sería una sustituta de segunda categoría de la mujer a la Sebastian deseaba en el fondo. ¿Qué pasaría cuando superara su dolor y se diera cuenta de que se había casado con una mujer que no encendía su pasión como lo había hecho Lana? ¿Querría el divorcio, o esperaría que su esposa de conveniencia se quedara en casa mientras él se echaba una amante?

Por muy tentadora que fuera la oferta de Sebastian, su amarga experiencia pasada no dejaba de advertirle que se parara un momento a pensar. ¿Acaso deseaba de verdad que otro hombre la utilizara? Su padre la había utilizado, hasta que había dejado de necesitar sus servicios. Mark había hecho lo mismo. ¿Podría confiar en que Sebastian fuera distinto?

Si acaso sería peor, dada su gran fortuna. Los millonarios como él solían salirse siempre con la suya. El que ella pensara que Sebastian era lo mejor de lo mejor no quería decir que no tuviera su lado malo. Todos los hombres lo tenían.

Cuando el camarero sirvió las bebidas y se marchó, a Emily le pareció como si fuera a estallarle la cabeza con el tormento de aquel dilema emocional.

¿Porque cómo podía decirle que no? Lo amaba y lo deseaba.

A lo que más le costaba resistirse era a ese deseo que sentía por Sebastian. La noche anterior había desaprovechado la oportunidad de que Sebastian le hiciera el amor. ¿Cómo podía huir también de esa segunda oportunidad sin que le pesara hasta el día de su muerte?

—Toma un sorbo de vino —le sugirió Sebastian en cuanto se fue el camarero—, y dime qué te parece.

Emily agarró la copa de vino con fuerza cuando notó que le temblaba la mano. Se llevó la copa a los labios y dio un sorbo de vino antes de dejarla con cuidado sobre la mesa.

—Muy rico —comentó ella.

—Adivina de dónde viene.

Emily sintió ganas de tirarle el vino sobre su apuesto y arrogante rostro; pero tales rabietas no formaban parte de su naturaleza.

—De Nueva Zelanda —respondió Emily—. De la región de Marlborough.

Era un juego que hacían a veces. Como a casi todos

los hombres, a Sebastian le gustaba presumir sobre lo que sabía de cualquier tema. Pero ella conocía bien los vinos, ya que su padre siempre había tenido una extensa bodega en casa. Mark había sido también un entendido en vinos, de modo que había tenido una buena formación.

–Caramba. Pensaba que podías decir del oeste de Australia.

–Siempre me han gustado los blancos de Nueva Zelanda.

–Van estupendamente con la comida asiática –dijo Sebastian–. ¿Has decidido lo que te apetece comer? –añadió cuando otro camarero apareció a su lado, con un cuaderno en la mano para tomar nota.

Emily le había echado un vistazo al menú muy por encima. Desde que Sebastian había dejado caer la bomba, tenía la cabeza en otras cosas.

–¿Por qué no pides por mí? –le sugirió ella, que no tenía demasiado apetito.

Empezaba a sentir también bastante calor, ya que el sol le calentaba los hombros y los brazos.

Después de pedir tallarines para los dos, Sebastian se levantó, se quitó la americana y la colocó sobre el respaldo de la silla.

Emily lo había visto con mucha menos ropa encima; de modo que ya sabía que tenía los hombros anchos, el estómago plano y las caderas estrechas. ¿Entonces por qué lo miraba de ese modo?

Tal vez porque ya estaba anticipando el momento en el que lo vería totalmente desnudo; algo que sin duda pasaría si se convertía en su esposa. Sería suyo para mirarlo, para besarlo y para hacer el amor con él.

Solo de pensarlo se sintió excitada y nerviosa. Y cuando él la miró a los ojos, el calor le subió por el cuello hasta las mejillas.

–Deberías quitarte la chaqueta también.

Sebastian, afortunadamente, relacionó su sofoco con el calor.

–Parece como si tuvieras calor... Trae –le dijo cuando ella trató de quitarse la chaqueta sin levantarse–. Deja que te ayude.

Tuvo que ponerse de pie, y quedarse quieta mientras él la ayudaba a quitarse la americana. ¿Se lo estaba imaginando ella, o estaba rozándole con la punta de los dedos adrede?

–Seguro que estarás mejor así –comentó Sebastian mientras le colgaba la chaqueta en el respaldo de la silla.

Ella se sentó de nuevo y se recostó un poco en el asiento con la firme intención de relajarse un poco. Claro que no era nada fácil teniendo en cuenta que tenía los pezones duros y todo su cuerpo al borde de la combustión instantánea.

Consiguió esbozar una leve sonrisa mientras se echaba para atrás.

–Al final hace mejor de lo que pensaba yo.

Él le miró los brazos y los hombros desnudos, antes de mirarla a la cara. Su expresión era cautelosa, su mirada inescrutable, pero el ambiente entre los dos chisporroteaba de tanta tensión.

–¿Has pensado ya en mi proposición? –le preguntó Sebastian en tono pausado pero con mirada alerta.

–Sí...

–Bien. Entonces, ¿qué va a ser, Emily? ¿Sí? ¿O no?

La cabeza le decía que no, mientras que el corazón le gritaba que sí, que la aceptara.

En el último momento se dio cuenta de que no tenía por qué decir ni sí ni no.

–Como te he dicho antes, Sebastian –respondió ella con naturalidad–. No me gusta tomar decisiones apresuradas. ¿Podrías darme el resto del fin de semana para pensármelo?

–El resto del fin de semana –repitió él despacio, nada contento con su respuesta.

–Sí. Te lo diré el domingo por la noche.

–Prefería saber a qué atenerme hoy mismo –insistió–. ¿Hay algo que pudiera decir, o hacer, para que te decidieras un poco antes? Tal vez podamos hablar de tus preocupaciones ahora, mientras comemos, sean cuales sean.

Sebastian era un hombre despiadado y cruel. No le extrañaba nada que Lana le hubiera dejado. Él no tenía ni idea de lo que sentía o necesitaba una mujer. Pero ella le pondría en su sitio.

–El caso es, Sebastian, que siempre pensé que me casaría por amor.

–Amabas a Mark –resaltó él con impaciencia–. ¿Si te hubieras casado con él, crees que habrías sido feliz?

–Tal vez no.

–Se le da demasiada importancia al amor como la base de un matrimonio feliz –argumentó–. No tienes más que fijarte en la tasa de divorcios en el mundo occidental, donde la mayoría de los matrimonios están basados en el amor, para empezar a dudar. La compatibilidad y el compromiso son puntos mucho más importantes que el amor.

–¿Pero, y si no somos compatibles?

–Ya lo somos, Emily –dijo él–. Nos llevamos muy bien. Supongo que te habrás dado cuenta de ello.

–De manera platónica. ¿Pero y en el plano sexual?

Su pregunta le sorprendió, y Sebastian frunció el ceño como si aquello le hubiera ofendido.

–¿Crees que no podré satisfacerte en la cama?

–No lo sé. Pero nunca me casaría con un hombre con quien no funcionara en el dormitorio –le respondió con cara muy seria–. A pesar de todos sus defectos, Mark era un amante excelente.

Él la miró largamente, con dureza, sin moverse del asiento, hasta que ella deseó no haberle desafiado de un modo tan tonto. No era un hombre a quien desafiar de ese modo.

Pero tal vez fuera por eso por lo que lo había hecho; porque inconscientemente sabía que él lo aceptaría.

–Si esa es tu preocupación principal –Sebastian la miró a los ojos con valentía–, podemos resolverla enseguida. Pasa la noche conmigo y comprueba por ti misma la clase de amante que soy.

Emily consiguió no quedarse boquiabierta esa vez; porque por orgullo no quería actuar como una tonta enamorada.

–Estás muy seguro de ti mismo, ¿verdad? –le preguntó Emily fingiendo calma.

Si él pudiera ver cómo estaba por dentro, adivinaría la verdad.

–Sé lo bueno que soy.

–¿Y yo qué? ¿Y si te das cuenta de que yo soy un desastre en la cama?

Él la miró a los ojos.

–¿Lo eres?

–Supongo que eso depende de con quién esté.

–¿Te gusta estar enamorada de tus amantes?

–Me gusta creer que me aman.

–El amor y el buen sexo no tienen por qué ir de la mano, Emily. Podría demostrártelo esta noche.

No, Sebastian no podría demostrarle precisamente eso; porque ella ya lo amaba. Hacer el amor con él le haría sentirse maravillosamente bien, hiciera él lo que hiciera.

–Yo... lo pensaré –respondió ella con timidez.

De pronto no podía soportar quedarse allí sentada ni un minuto más; tenía que alejarse un poco de él, estar un rato a solas.

–Si me disculpas un momento, Sebastian –Emily dejó la copa en la mesa y retiró el bolso de la silla adyacente–. Necesito ir al tocador.

Capítulo 6

SEBASTIAN observó a Emily huir de la mesa. Y de él.

Claro que no lo hizo apresuradamente, pero Sebastian percibió sin dificultad la urgencia en su lenguaje corporal.

Las cosas no estaban saliendo como él había anticipado.

Había supuesto que su proposición la sorprendería, pero también que la aceptaría enseguida, una vez asimilado lo que ganaría casándose con él.

Para empezar, una preciosa casa que ella siempre había admirado; un marido que la respetaba y a quien le gustaba; además de un estilo de vida que sería la envidia de todas las mujeres de Australia.

¿Qué más podría pedir una chica como Emily? Incluso estaba listo para darle un hijo.

¿Y qué era lo que ella había destacado? El amor. Y luego el sexo.

Eso lo había sorprendido mucho. Cuando su práctica ama de llaves le había hablado esa mañana de sus planes de tener un marido, no había hablado de amor ni de una buena relación sexual; tan solo que quería casarse y tener un hijo antes de ser demasiado mayor para ser madre.

Sebastian jamás había imaginado ni por un momento que en el fondo Emily fuera una persona romántica.

Metió la mano en el bolsillo derecho de la chaqueta

y palpó el estuche que contenía el caro anillo de compromiso que le había comprado esa mañana.

De momento, pensó en sacarlo y presentárselo cuando volviera del baño. Un diamante como un pedrusco tenía algo que solía derretir la resistencia de una mujer.

Desgraciadamente, Emily no era cualquier mujer. Era distinta a todas las demás que había conocido. Desde el primer momento se había dado cuenta de que era única y de que proyectaba una madurez y una disposición superior a las de una mujer de su edad. No era de extrañar que él se hubiera tragado que era mayor de lo que era en realidad.

En muy poco tiempo había conseguido que en su casa reinara la paz y la armonía, y eso era algo sin lo cual Sebastian ya no podía pasar. Lo necesitaba como necesitaba el aire que respiraba.

Necesitaba a Emily en su vida, mucho más de lo que había necesitado nunca a Lana. Cuando esta le había dejado, él se había sentido frustrado y enfadado; porque Sebastian era un hombre posesivo a quien no le gustaba perder. No había bebido más de la cuenta en el vuelo de regreso a casa porque tuviera el corazón destrozado, sino porque se despreciaba a sí mismo. Lo único bueno que había sacado de ir detrás de Lana era que estaba seguro por fin de que no quería volver a verla.

Sin embargo, cuando Emily le había dicho en su carta que se marchaba, él había comprendido enseguida que haría cualquier cosa para conservarla. ¡Cualquiera!

Cuando se le había ocurrido la idea de pedirle matrimonio, pensaba que había dado con la solución perfecta. ¿Qué mujer le diría que no al soltero más cotizado de Australia?

Emily Bayliss.

¡Y Lana que había comentado despectivamente en una ocasión que su ama de llaves estaba enamorada de él! No podía haber estado más lejos de la verdad.

Lo cual no le dejaba otra alternativa que pasar al plan B.

El único problema era que aún no sabía cuál sería el plan B. Pero se le ocurriría algo. Y si tenía que ser despiadado, lo sería.

Cuando Emily salió del tocador de señoras, había tomado una decisión. Era sin duda una decisión muy valiente, que la había dejado temblando por dentro. Pero sencillamente no podía irse a la tumba sin haber aprovechado la oportunidad de irse a la cama con el hombre que amaba.

De modo que aceptaría la oferta de Sebastian de pasar la noche con él, pero no se casaría con él.

Lógicamente, eso no se lo advertiría de antemano; porque de otro modo tal vez él se echara atrás a la hora de pasar la noche juntos. Le dejaría pensar que al aceptar su sugerencia estaba también aceptando su ridícula proposición.

Emily solo podía esperar y rezar para que al día siguiente tuviera el coraje de decir que no y marcharse.

Porque casarse con Sebastian sería conformarse con un futuro de tristeza y de dolor. Y ya había sufrido bastante en su vida como para querer eso. Deseaba un matrimonio que le proporcionara paz y alegría, no sobresaltos emocionales.

Sin duda Sebastian podría ofrecerle cualquier comodidad, y seguramente una buena cantidad de consuelo emocional; pero ningún consuelo para un corazón roto y un alma apenada.

Cuando volvió a la mesa y vio que habían llegado los platos, Emily se sintió un poco más animada. Podrían hablar de comida, y disimular así su creciente tensión.

–Esto huele de maravilla –comentó mientras se sentaba rápidamente y tomaba el tenedor.

–Se llaman «tallarines borrachos» –le informó Sebastian con una sonrisa–. Pensé que era la elección adecuada, dado mi lamentable estado de anoche.

Emily podría haberse relajado en ese momento si no hubiera sabido lo que le esperaba.

En parte quería decírselo y acabar lo antes posible, pero solo de pensarlo le daba pavor.

De pronto no le salían las palabras, y bajó la mirada al plato.

–Sabes, Emily; tienes un cuerpo precioso.

Ella levantó la vista, sorprendida por el tono suave de sus palabras. Aunque en realidad no era suave. Era tan seductor como esos ojos que parecían devorarla por entero, como si quisiera decirle que no quería acostarse con ella para demostrarle nada, sino sencillamente porque la deseaba como un loco.

A Emily se le quedó la boca seca mientras el corazón le palpitaba con fuerza en el pecho.

–Gracias –respondió con un hilo de voz.

–Eres una mujer preciosa en todos los sentidos –continuó–. Por favor, no pienses que solo te he pedido que te cases conmigo para que sigas siendo la que te ocupes de organizar mi casa. Si te casas conmigo, contrataré a otra ama de llaves.

–Pero eso no me gustaría –soltó antes de pensárselo mejor.

–¿Prefieres cuidar de mí y de mi casa tú sola?

–No... Sí... Quiero decir...

–Puedes hacer lo que quieras, Emily –la interrumpió con voz aterciopelada–; tener lo que tú quieras. Como tú bien sabes, soy un hombre muy rico.

De pronto ella entendió lo que él estaba haciendo: sin duda trataba de seducirla, y también de corromperla.

Emily sabía exactamente lo que quería Sebastian. Quería que la situación en su casa siguiera siendo la misma, incluso aunque tuviera que darle el título de esposa, además de otras cosas.

No podía evitar sentir cierto cinismo ante las proposiciones de Sebastian; y lo mismo le pasaba con ese «deseo» que había visto en su mirada momentos antes.

Se dijo que debía enfrentarse a ello; al hecho de que antes de ese día él no había querido casarse con ella.

–Creo que nos estamos precipitando –dijo ella firmemente–. No pienso permitir que me metas prisa en algo tan serio como el matrimonio, Sebastian. Pero sí que creo que tu idea de pasar la noche juntos es sensata.

Él abrió un poco los ojos al oír que ella aceptaba su propuesta sexual. Se quedó mirándola un buen rato con gesto reflexivo y curioso. Pero ella se mantuvo firme y consiguió no mostrar su nerviosismo.

Menos mal que él no podía ver la confusión que sentía por dentro. ¿O sería la emoción lo que le aceleraba el corazón y conseguía que se le encogiera el estómago?

–Confío en que no habrás cambiado de opinión al respecto –añadió en tono desafiante.

La leve sonrisa lo delató.

–En absoluto.

–Eso está bien, entonces –dijo ella con toda naturalidad–. Ahora creo que deberíamos seguir con nuestros tallarines borrachos antes de que se nos enfríen.

Emily empezó a comer con aparente apetito; pero en realidad le costaba tragar la comida cada vez que se llevaba el tenedor a la boca. Cuando hacía una pausa para tomar un sorbo de vino, Sebastian levantaba la vista de la comida y la observaba con aquellos ojos de mirada inteligente.

Emily no dejaba de preguntarse con creciente preocupación cuáles serían los pensamientos de su jefe.

Por mucho que Sebastian lo intentó, no consiguió adivinar lo que pensaba Emily. Pero debía admirarla.

¿Porque qué otra mujer habría rechazado lo que de momento ella había rechazado ese día?

Se había quedado sin palabras, y eso no le gustaba en absoluto. Y estaba sin palabras en primer lugar porque ella había rechazado su proposición de matrimonio, y en segundo lugar porque había aceptado pasar la noche con él.

A Sebastian le gustaba ser el jefe en el trabajo, en casa y en el dormitorio; sobre todo en el dormitorio... Había llegado el momento de tomar las riendas de nuevo.

–¿La montaña o el mar? –le preguntó cuando ella fue a tomar la copa de vino.

Emily se quedó con la copa levantada a medio camino, claramente confusa.

–¿Cómo?

Sebastian tomó su copa y saboreó el vino con pausa.

–¿Qué prefieres, Emily? –le preguntó en tono suave–. ¿La montaña o el mar?

–Esto... el mar; prefiero el mar.

–Entonces que sea el mar.

–No tengo ni idea de lo que me estás hablando.

–Me refiero al lugar donde pasaremos la noche. Voy a buscar un bonito hotel en la costa sur. Y eso quiere decir que no voy a poder beber mucho más de este delicioso vino si tengo que conducir. Puedes tomarte mi parte.

–¿Pero... tenemos que irnos? ¿Por qué no podemos quedarnos en casa?

–Vamos, Emily, no esperaría que quisieras compartir conmigo la cama que yo compartí con Lana.

Esa mañana, Sebastian había notado que en su dormitorio aún seguía oliendo al perfume de Lana, un aroma muy fuerte que parecía haber traspasado el colchón, y tal vez incluso la alfombra.

Pero como Lana había desaparecido definitivamente, Sebastian tenía pensado remozar todo el dormitorio. No quería que quedara nada que le recordara a ella.

–Pero... no tengo ropa bonita para salir –protestó Emily–. Aparte de lo que llevo puesto.

–Lo cual será totalmente adecuado tanto para llegar como para salir –dijo–. Entre la llegada y la salida, no vas a necesitar mucha ropa.

Finalmente consiguió la reacción que esperaba. Emily se sonrojó, y Sebastian se preguntó si también mostraría esa timidez entre sus brazos. Su cuerpo respondió al momento, recordándole lo que había sentido la noche anterior cuando la había visto desnuda en la piscina; antes de saber que era Emily. Su cuerpo voluptuoso le había sorprendido y excitado al máximo.

Esa noche, ese mismo cuerpo delicioso y escultural sería suyo. Los frutos de su imaginación fueron como un afrodisiaco.

Sebastian había tenido cuidado de proponerle matrimonio en el mismo tono en el que hacía un negocio, porque pensaba que eso era lo que le gustaría a Emily. Pero había habido varios momentos esa noche en los que había sentido la tentación de echar por la borda el pragmatismo en favor del cavernícola que llevaba dentro.

Cuando ella se había presentado para comer tan preciosa, había deseado poder hacer algo más que agarrarle del codo: estrecharla entre sus brazos y besarla hasta que ella le dijera que sí a todo lo que él le pidiera.

Después, en el taxi, le había costado muchísimo no ponerle la mano encima, estando como había estado tan cerca de él. Tan solo el hecho de que no habían estado solos le había frenado.

Esa noche, sin embargo, estarían solos, y nadie lo detendría.

Se recordó que su misión no era satisfacer sus propios, y sorprendentemente intensos, deseos, sino darle a Emily la noche de su vida.

Sebastian no tenía ni idea de lo que le gustaba a ella en el terreno sexual; pero sabía lo que les gustaba a todas las mujeres del mundo: el romanticismo.

Y Sebastian tenía la intención de dárselo. A espuertas.

Capítulo 7

PERO qué demonios has hecho? –se dijo Emily con la cara sofocada mientras se miraba al espejo del cuarto de baño.

No dejaba de sacudir la cabeza angustiada, y de todo aquel coraje anterior no quedaba sino un lejano recuerdo.

El resto del almuerzo transcurrió en una nebulosa, al igual que el trayecto a casa en un taxi. Ninguno de los dos había hablado demasiado hasta que no habían salido del taxi.

–Dame un momento para organizarlo todo –le dijo él cuando iban por el camino que conducía a la casa–. Acaban de dar las tres. Vendré a por ti alrededor de las cuatro. Como te he dicho, no te lleves muchas cosas; una muda y algo para el aseo. Tal vez algo informal, también, por si vamos a dar un paseo.

Emily había conseguido mantenerse tan tranquila como parecía estar Sebastian hasta que había llegado a la privacidad de su apartamento. Nada más cerrar la puerta había corrido al cuarto de baño para aliviar una desesperada llamada de la naturaleza.

Y allí estaba en ese momento, a punto de echarse a llorar, hasta que le dio por pensar en Mark, y luego en su padre. ¿Llorarían ellos en su situación?

¡Jamás en la vida!

Si Mark hubiera sido una mujer, habría estado jubiloso. Aunque, pensándolo bien, Mark nunca habría podido estar en su situación porque habría aceptado inmediatamente la proposición de matrimonio de Sebastian.

El dinero era lo más importante para Mark.

Emily deseó poder pensar un poco más como un hombre y ser capaz de separar con facilidad el amor y el sexo. Ellos no mezclaban las cosas.

Y aunque ella era bastante experta a la hora de ocultar sus sentimientos, no se veía capaz de separar las dos cosas. Cuando había estado cuidando de su madre en la fase terminal del cáncer, se había hecho una experta en fingir que estaba animada, y en darle un giro positivo a la realidad más deprimente.

Al pensar en la muerte de su madre, Emily contempló su situación con mayor perspectiva. Su situación con Sebastian, aunque algo triste, no era en absoluto trágica. Al menos tendría la oportunidad de hacer el amor con el hombre al que amaba. ¿Tan malo podría ser?

Emily se agarró a aquella nueva actitud más positiva mientras hacía la bolsa y guardaba las cosas que él le había sugerido. Con la muda y la bolsa de aseo no tuvo problema. Pero elegir un conjunto informal que a la vez fuera bonito fue tarea más difícil, porque en su ropero no tenía mucho donde elegir.

Finalmente escogió un par de vaqueros elásticos que solo se había puesto cuando Sebastian no había estado en casa, una camiseta blanca, una cazadora azul marino y unos zapatos negros.

Cuando había terminado de hacer la bolsa, Emily se desnudó y se dio una ducha rápida con cuidado de no estropearse el peinado. Después se retocó rápidamente el maquillaje, se perfumó todo el cuerpo con la única fragancia que tenía, una esencia ligera y floral que su madre había llevado toda la vida, cuyo aroma despertaba los cariñosos recuerdos y los abrazos que habían compartido.

No tenía nada que ver con el fuerte aroma a almizcle que Lana llevaba. Claro que ella no se parecía en nada a Lana, salvo tal vez en la talla de sujetador.

Lana también tenía un cuerpo lleno de curvas, pero no tanto como ella, se decía Emily con satisfacción secreta. No había olvidado el modo en que Sebastian se había quedado mirando sus pechos desnudos en la piscina la noche anterior. Y no había sido con desgana, sino con un deseo ardiente.

¿Qué pasaría esa noche cuando él la viera sin ropa de nuevo? ¿Qué sentiría cuando él la acariciara, cuando la besara? ¿O cuando la penetrara?

Gimió débilmente solo de pensar en eso último, y con manos temblorosas empezó a ponerse unas braguitas limpias de color crema.

Por esa razón había tomado la decisión que había tomado, se decía mientras terminaba de ponerse la ropa interior y el resto de la ropa; porque tenía que estar con aquel hombre. Era un deseo que no podía negar.

Una vez vestida, Emily tomó otra decisión valiente. No se preocuparía ya de lo que pasara a la mañana siguiente, ni le daría vueltas a las consecuencias de lo que pasara esa noche.

Durante el resto del día ella iba a separar sus pensamientos, a olvidarse de las emociones femeninas y a fijarse en una sola cosa: el placer del momento.

Al verse del todo arreglada en el espejo sintió alegría. Pensar en esa noche como en una emocionante aventura, en lugar de producirle miedo, la hizo estremecerse de placer.

Si así era como pensaban los hombres, decidió, era mucho mejor que la manera de pensar de las mujeres. Emily prometió que seguiría pensando de ese modo todo el tiempo posible.

Cuando sonó el timbre dos minutos después toda su resolución se derrumbó momentáneamente. Pero entonces estiró los hombros, agarró la bolsa de viaje y fue a contestar la puerta.

—Ah —exclamó cuando la abrió y vio allí a Sebastian—. Te has cambiado de ropa.

—Solo en parte —respondió mientras le quitaba la bolsa de la mano—. El traje es el mismo. Solo me he cambiado de camisa y me he quitado la corbata.

Desde luego, porque había cambiado la camisa por un bonito suéter de cuello redondo.

Sebastian siempre le había parecido un hombre muy guapo; pero nunca le había parecido demasiado sexy hasta que no se había enamorado de él. Era como si, con ese descubrimiento, hubiera visto finalmente lo que su corazón había visto inconscientemente desde un principio: que su jefe poseía un magnetismo que resultaba totalmente irresistible.

Al menos para ella.

La sangre le corría con fuerza por las venas con fuerza mientras lo miraba despacio de arriba abajo, pensando que era el hombre más sexy que había visto en su vida. Y esa noche sería todo suyo, y también ella sería suya.

Emily estaba deseando entregarse a él, pero no cómo si fuera un cordero a punto de ser sacrificado. Esa noche tomaría aparte de dar, sin la confusión emocional que un amor no correspondido podría haberle dado a su unión.

—¿Tienes todo lo que necesitas? —le preguntó él mientra asentía hacia la bolsa.

—Eso espero.

—Entonces, vamos.

—Tengo que ir por mi bolso.

—Yo voy bajando y meto esto en el coche. Tú cierra y nos vemos en el garaje.

Un minuto después, Emily bajaba corriendo las escaleras con el pulso acelerado. Se dijo que debía tranquilizarse para no empezar a actuar como una colegiala alocada en su primera cita.

Pero así era exactamente como se sentía. Claro que Sebastian no saldría con colegialas.

Él estaba esperándola en el garaje junto a su magnífico deportivo plateado, y sonrió al verla entrar apresuradamente.

–Eres mi tipo, Emily –le dijo mientras le abría la puerta del coche y la invitaba a pasar–. No haces esperar a un hombre.

Mientras se acomodaba en el asiento de cuero del automóvil, Emily recordó que Lana sí que le había hecho esperar. Continuamente.

Emily frunció el ceño, pues no había sido su intención pensar en Lana. Pero razonó que él no le había pedido a Lana que se casara con él; y eso la tranquilizó.

Cuando Sebastian cerró la puerta, Emily percibió el olor a cuero nuevo, ya que el coche solo tenía un par de meses.

–Me encanta el olor de los coches nuevos –comentó cuando Sebastian se sentó al volante.

–Parece como si tuvieras mucha experiencia –dijo él mientras encendía el motor.

Emily se encogió de hombros.

–Mi padre siempre estaba cambiando de coche.

Sebastian la miró con curiosidad.

–Nunca me habías hablado de tu padre hasta hoy.

–No es mi persona favorita que digamos.

Sebastian arqueó las cejas.

–Creo que entonces será mejor dejarlo para otro día.

–Sospecho que podrías tener razón.

–En ese caso conversaremos de temas más agradables.

–Sí, por favor.

Sebastian dejó de hablar el tiempo suficiente para salir del garaje, que se cerró automáticamente. Entonces giró a la izquierda y aceleró por el camino. Las enormes verjas de seguridad le obligaron a detenerse, pero no tuvo que salir a abrirlas porque lo hizo con un control remoto que siempre llevaba encima.

Emily también tenía otro que guardaba en la guantera del coche.

—Hueles muy bien —le dijo él mientras esperaban a que se abrieran las verjas.

La primera reacción de Emily ante su elogio fue negativa porque no pensaba que fuera sincero. Sin duda Sebastian preferiría un tipo de aroma más intenso, como el que utilizaba Lana, y el suyo le resultaría demasiado ligero.

Ignoró rápidamente esos pensamientos para dar paso a otros más positivos, que era lo que se había propuesto para esa noche.

—Tú también —respondió ella con una sonrisa.

Su elogio le sorprendió y le arrancó una sonrisa pícara y sensual que consiguió que Emily se estremeciera de deseo.

Finalmente se abrieron las puertas. Sebastian las cruzó sin esperar a que estuvieran del todo cerradas y giró a la izquierda por la avenida flanqueada de árboles.

—¿Adónde vamos, exactamente? —le preguntó ella al llegar al primer semáforo.

—Al Norfolk, que están en Wollongong. Es un hotel bastante nuevo situado en la playa. El año pasado me hospedé allí.

Emily esperaba que no hubiera sido con Lana.

—Pero no —añadió enseguida—; no fue con Lana.

Ella volvió la cabeza rápidamente.

—¿Cómo sabías lo que estaba pensando?

—Sé lo que piensan las mujeres.

Emily estaba segura de ello, dado que debía de haber tenido relaciones con decenas de mujeres durante su vida de adulto. Siendo tan perfeccionista, habría aprendido todo lo posible sobre la mente femenina y el cuerpo de una mujer. En cualquier caso, estaba claro que no tenía ni dudas ni preocupaciones en cuanto a su actuación de esa noche.

Esa confianza de Sebastian la excitaba; aunque el tenerle cerca era suficiente para despertar sus alocados sentidos. Solo por ir montada en el coche con él empezaban a ocurrírsele las cosas más indecentes.¡Apenas podía estarse quieta en el asiento!

No le extrañaba que a los hombres les gustara conducir deportivos, pensó Emily con una mezcla de admiración y cinismo. Con uno coche así el preludio amoroso era casi innecesario. Emily sospechaba que cuando llegaran al hotel de la costa estaría muy excitada.

A Emily siempre le había gustado el sexo, y Mark no había sido en absoluto su primer amante. Sin embargo nunca había estado tan emocionada como lo estaba ese momento, ni había deseado lo que de pronto le apetecía hacer con Sebastian.

Esperaba que él no fuera suave con ella; que no fuera dulce, ni amoroso. Le apetecía hacerlo rudamente.

Al menos la primera vez.

Después, quería que fuera lento y sensual para poder deleitarse con la experiencia. Finalmente quería tener la oportunidad de dar, en lugar de solo recibir, y se imaginaba a sí misma acariciándolo y besándolo por todas partes, obligándolo a tumbarse mientras ella le hacía el amor apasionadamente.

A Emily se le aceleró el pulso cuando todas aquella imágenes irrumpían en su pensamiento.

—Estás muy callada —le dijo Sebastian—. No te marearás en el coche, ¿no?

—No suelo. Pero conduces demasiado deprisa, Sebastian —añadió mientras él daba la vuelta y bajaba por una estrecha calle lateral.

Para ser sinceros, Emily no tenía ni idea de dónde

estaban. Siempre se perdía en Sídney si se apartaba de las calles principales. Parecía que a Sebastian no le pasaba lo mismo.

–Soy una persona muy impaciente por naturaleza –respondió él.

–¿De verdad? Nadie lo diría...

–La mayoría de la gente no. Pero lo soy. Lo que pasa es que sé ocultar mis defectos mejor que nadie. Soy muy impaciente, y suelo perder los estribos enseguida.

–Conmigo nunca los has perdido.

–Contigo nadie podría perder los estribos, Emily.

Emily no estaba segura de si aquello era un elogio o no. Cualquiera que lo hubiera oído pensaría que ella era una persona aburrida, desapasionada.

–Quieres decir, a diferencia de Lana –comentó Emily sin poder evitarlo.

–¿Qué Lana? –respondió él.

–Ah, entiendo –dijo ella–. Entonces, así eres tú, ¿no? En cuanto una persona sale de tu vida, deja de existir para ti.

–Eso es.

Emily negó con la cabeza.

–Ojalá yo pudiera hacer eso.

Por mucho que había intentado odiar a su padre, sabía que en el fondo seguía queriéndolo. Y aunque ya no quería a Mark, no lo olvidaría nunca, ni tampoco la crueldad e insensibilidad con la que la había tratado.

–Requiere práctica –le dijo Sebastian con tanta frialdad que Emily se estremeció.

Parecía tan amargo, y tan despiadado…

En ese momento se dio cuenta de lo poco que en realidad sabía de él. Sí, había leído artículos en el periódico sobre su brillante perspicacia empresarial, y había visto un breve espacio televisivo en el que habían resumido los principios de su carrera profesional, y cómo él y su amigo habían fundado una de las primeras empresas australianas de telefonía móvil con veinte y pocos años. Sebastian había sido el cerebro y su amigo había puesto el dinero; y durante el programa, Sebastian había dejado claro que, a diferencia de su acaudalado socio, él había tenido que estudiar mucho en la universidad para pagarse los estudios, ya que provenía de una familia humilde.

Los dos jóvenes habían amasado una gran fortuna cuando su cadena de tiendas de Mobilemania había sido adquirida por un grupo de empresas. Su amigo había desaparecido del escenario de los negocios poco después de eso. Pero Sebastian había montado su propia empresa, Industrias Armstrong, que había desarrollado una gran cantidad de intereses financieros, desde complejos vacacionales o centros de día, a granjas de vacuno e incluso bosques de pinos.

Con treinta años, Sebastian había llegado a la lista de *Los doscientos más ricos de Australia*. Recientemente estaba entre los diez primeros de tan solo un selecto número de multimillonarios.

El público conocía bien su cuenta bancaria y su estado civil. ¿Pero conocían en realidad al hombre que había detrás?

Muy poco.

Tal vez los medios de comunicación habrían ahondado un poco más si él hubiera sido de esa clase de personas que buscaban publicidad.

Pero él no era así. Llevaba una vida muy discreta para ser un hombre tan rico e influyente.

Emily sabía que era hijo único, cortesía de un comentario que él le había hecho durante su primera entrevista cuando ella le había comentado que no tenía hermanos. Pero no sabía nada de sus padres ni del resto de su familia, salvo que jamás iban a visitarlo. Seguramente sus padres habrían muerto.

A pesar de la curiosidad que sentía, Emily no pensaba preguntar.

Porque ese día había que disfrutar del placer del momento, no sacar a relucir temas extraños.

—¡Ahora sí que sé dónde estoy! —exclamó cuando Sebastian finalmente dirigió su coche a la carretera principal—. Ese de ahí es el estadio olímpico.

—¿Fuiste a las Olimpiadas? —le preguntó Sebastian.

—No. Quería ir, pero a mi novio del momento no le gustaban los deportes.

—¿Te refieres a ese tipo, Mark?

—Esto... no. A uno que tuve antes que él.

Él le echó una mirada breve pero significativa.

—No eres la ratita que has fingido ser todo este tiempo, ¿verdad?

—Yo no he fingido ser nada —le dijo ella a la defensiva—. Sencillamente necesitaba retirarme de la vida en pareja durante un tiempo.

—¿Y ahora estás lista para volver a tener pareja?

—Sí.

—Además de un nuevo aspecto.

—Bueno, no voy a pillar un marido con la pinta que tenía, ¿no?

—No estoy seguro. Sí has captado mi interés.

—Venga, no seas ridículo, Sebastian. Apenas me reconociste como mujer hasta que no me viste como mi madre me trajo al mundo.

—En eso te equivocas. Pero sí que cambió mi perspectiva sobre tu personalidad cuando te encontré bañándote desnuda en mi piscina.

—¿Creías que no yo no hacía esas cosas?

—Pensé que no era algo natural en ti.

—Bueno. Solo demuestra que no lo sabes todo; aunque tú creas que sí —añadió ella en tono sensual.

Él se echó a reír.

—Me complaces, Emily.

—Pues no intento hacerlo.

—Lo sé. Eso es lo que me complace más. ¿Tienes

idea de lo que harían la mayor parte de las mujeres si estuvieran en tu situación de hoy?

–Me lo imagino. Pero yo tengo una escala de valores diferente a la de las demás mujeres.

–¿Quieres explicarme eso?

–No.

–¡Maldita sea, Emily, al final a lo mejor siento la tentación de perder los estribos contigo!

–No te hará ningún bien.

–No –suspiró Sebastian–. Supongo que no querrías casarte con un hombre que te gritara.

–Desde luego que no. Y tampoco me casaría con un hombre que no supiera hacerlo; cuando me case, quiero sentirme segura de mi elección. No quiero sorpresas desagradables.

–Pero tú me conoces. Maldita sea, Emily, hace dieciocho meses que eres mi ama de llaves. Me has visto de todos los humores y en varias situaciones distintas. Y, sobre todo, no he intentado impresionarte ni ocultarte nada. Mi vida es un libro abierto. ¿Cuánto crees que tardarás en conocer a un hombre en esa sala de congresos a la que te quieres ir? Tardarás años si quieres saberlo todo de él. Cuando te sientas lo suficientemente segura como para casarte, tu reloj biológico estará pasado de hora. Y un bebé es lo que más deseas en el mundo, ¿no?

A Emily se le encogió el corazón. ¡Lo que más deseaba en el mundo era tener un hijo suyo! Además de su amor... El uno sin el otro sería una experiencia demasiado agridulce para ella.

–Cásate conmigo –dijo antes de que ella le respondiera–. Podríamos empezar con el proyecto de fabricar el bebé esta misma noche.

Boquiabierta, Emily se volvió a mirarlo.

–Sebastian, eres un hombre verdaderamente malvado.

–Un hombre resuelto, Emily. ¿Entonces, qué me dices?

–Me he quedado sin habla.

–Eso es una evasiva. Dime lo que estás pensando.

–Estoy pensando que he cometido un error enorme al venir aquí contigo –le soltó ella–. Debería haber sabido que sabrías exactamente qué tenías que hacer para tratar de presionarme y conseguir lo que tú quieras. Eres un hombre listo, Sebastian; pero demasiado frío. No querría un hombre como tú para ser el padre de mis hijos.

Capítulo 8

LA vehemente crítica de Emily sobre su carácter sorprendió a Sebastian. Sinceramente, había pensado que él le gustaba y que lo respetaba. Del asombro pasó rápidamente a la rabia y la frustración. ¿Qué sentido tenía continuar si eso era lo que sentía? Estaba claro que no iba a aceptar su proposición de matrimonio, por muy buen amante que fuera él.

Sebastian tomó una decisión rápida, y después de la siguiente curva frenó de golpe junto a la acera.

–Es muy fácil arreglar tu enorme error, Emily –dijo mientras la miraba muy enfadado–. Te llevaré a casa.

Sus expresivos ojos la traicionaron, mostrando la intrigante verdad: que no deseaba que la llevara a casa. Y eso solo podía significar una cosa. A lo mejor ella le tenía por el canalla más grande del mundo, sin embargo quería irse a la cama con él.

Sebastian arqueó las cejas. Tal vez él no fuera el único en el coche que fuera un poco frío.

Sin embargo, entendía muy bien las perversidades de la atracción sexual. Había deseado a Lana desde el momento en que la había visto; y la había deseado aun sabiendo que era una criatura vanidosa, superficial y temperamental.

Era muy difícil comportarse con sensatez cuando uno tenía las hormonas revolucionadas.

–Tú no quieres que te lleve a casa –dijo sin más, observando su reacción.

Ella desvió la mirada, como les pasaba a muchas mujeres cuando se enfrentaban a un hecho inaceptable.

–No tiene nada de malo desear una relación sexual, Emily –argumentó él–. Por lo que me has dicho, llevas años sin estar con un hombre. Eso no es natural, no para una mujer que ha tenido una vida sexual muy activa, como supongo tuviste en su día. Mira, nos olvidamos de lo del matrimonio y de los bebés de momento y nos lo pasamos bien esta noche.

Despacio, muy despacio, Emily volvió la cabeza. Sebastian se asombró al ver que tenía los ojos brillantes.

Su tristeza le disgustó, mucho más que las copiosas lágrimas de Lana o las rabietas que le habían dado a menudo. Aquella mujer que estaba sentada a su lado no era de sangre fría, sino más bien una mujer muy sensible y de sentimientos profundos.

Bajó la vista al regazo mientras negaba con la cabeza tristemente.

–No te voy a dejar que te olvides de tus sentimientos, Emily –insistió–. Tal vez a ti no te guste, pero me necesitas.

Ella levantó la cabeza para mirarlo con rabia.

–¿Necesitarte? No te necesito, Sebastian –le soltó mientras se limpiaba las lágrimas con el revés de la mano.

–Sí que me necesitas, Emily. Bueno, tal vez no a mí en especial; pero necesitas un hombre; a alguien que pueda quitarte toda esa tensión sexual, toda esa frustración que tienes; a alguien que pueda mostrarte que no necesitas amor para disfrutar del sexo.

–No creo que puedas hacer eso, Sebastian.

Sebastian no era un hombre que se tomara los retos a la ligera.

–Claro que sí puedo –soltó.

Y antes de que ella pudiera moverse, él se inclinó y la besó.

Cuando Sebastian la besó, Emily trató de no gemir, de no derretirse allí mismo.

Pero era como si a una mujer muerta de hambre le ofrecieran un delicioso bocado del que solo podía probar un poco.

De modo que gimió, y se derritió y abrió la boca. Y lo que sintió le pareció fantástico: sus labios, su lengua, o la mano que se curvaba posesivamente sobre su cuello, rogándole que se recostara en el asiento de cuero, apresándola con su insistencia.

Él era tan apasionado, se regocijaba Emily en un delirio de alegría. Y qué imperativo. Exactamente lo que ella había imaginado en sus fantasías.

Cuando la presión de sus labios cedió, Emily levantó la mano izquierda y le agarró instintivamente de la cabeza para que siguiera besándola. No quería que lo dejara, nunca más.

Sebastian gimió mientras luchaba por controlarse. ¿Quién habría pensado que besar a Emily iba a tener en él aquel efecto? Si no dejaba de besarla enseguida, acabaría haciendo algo que hacía años que no hacía: practicar el sexo en el asiento delantero de un coche. Y en plena luz del día.

Eso no estaba planeado. Si al menos ella dejara de emitir esos gemidos tan eróticos; si dejara de moverse, de clavarle las uñas en la carne...

Maldita sea, se moría por tocarla, por besarla... Además se daba cuenta de que era precisamente lo que Emily deseaba.

Pero si se dejaba llevar...

Sebastian pensó en lo que les estaba esperando en aquel hotel: una suite de lujo, una cama grande, un cubo con champán helado, fresas con chocolate y velas alrededor de la bañera de hidromasaje.

No había dejado ni un solo detalle sin atender para crear el ambiente más romántico posible para esa noche; porque su misión no solo era seducir a Emily sexualmente, sino convencerla para que aceptara su proposición.

Sebastian sabía que, si se dejaba llevar, todo lo que había preparado no impresionaría tanto a Emily. En realidad, se sentiría molesta consigo misma y también con él. Y él no podría hacerle cambiar de opinión sobre su carácter, ni sobre su oferta de matrimonio, si se aprovechaba cruelmente de su frustración sexual.

Como Emily necesitaba desesperadamente hacer el amor, su objetivo de hacer de ella su esposa volvía de nuevo al orden del día, y dejaba de ser una misión imposible para convertirse en una posibilidad definitiva. Según ella misma había reconocido, era de esa clase de chica a quien le costaba separar amor y sexo. Si él la satisfacía en la cama, tal vez ella le entregara su corazón además de su cuerpo.

Aquella última idea le atraía muchísimo. Una mujer enamorada estaba a menudo dispuesta a hacer cosas que tal vez fueran en contra de su razonamiento.

No. Tenía que parar. ¡Inmediatamente!

¡Por favor, que no parara!, exclamó Emily para sus adentros cuando Sebastian apartó los labios de los suyos.

Entonces, Sebastian retiró la mano que le acariciaba la parte de atrás de la cabeza y la apoyó en su regazo.

–Este no es el lugar más adecuado para esto, Emily –dijo él con evidente fastidio–. No hay sitio suficiente.

Pero se acabaron las tonterías. Voy a ir a ese hotel, y tú no vas a volver a decir ni una sola palabra. Conversar contigo es un riesgo. Así que cierra esa preciosa boca tuya y consérvala para lo que hace muy bien. Y no, no quiero más miradas horrorizadas. Los dos sabemos que hoy has venido conmigo para que te bese y para muchas más cosas.

Emily abrió la boca para tratar de protestar; pero la cerró enseguida cuando él le puso los dedos en los labios y le echó una mirada de advertencia.

–Habla, y te prometo que te obligaré a hacer cosas que después te van a horrorizar.

Emily estuvo a punto de echarse a reír. Santo cielo, si él supiera...

Separó un poco los labios y rozó la yema de sus dedos; el corazón le latía con tanta fuerza, que le retumbaba en el pecho. Los ávidos besos de Sebastian habían disipado todas sus dudas, y atizado en ella un deseo tan intenso, que no estaba segura de poder soportar más retrasos.

–Voy a poner la radio –dijo él mientras retiraba la mano.

La música de una pegadiza canción de amor inundó el habitáculo del coche.

–Sugiero que te tumbes y descanses un poco –dijo Sebastian mientras arrancaba el coche de nuevo–. Porque vas a estar bien ocupada desde que lleguemos a la intimidad de nuestro dormitorio.

Emily se estremeció de pura sensación. Siempre había imaginado que Sebastian sería un amante apasionado, un compañero imaginativo. Cuando Lana se había quedado a dormir con él, siempre había bajado a desayunar con una sonrisa en los labios, como un gato relamiéndose después de tomarse un cuenco de leche.

De pronto, le dio un vuelco el corazón, y se volvió a mirar a Sebastian, que en ese momento estaba haciendo un giro.

¿Sería verdad que había superado ya lo de la otra mujer? ¿O tal vez pensara en ella cuando le estuviera haciendo el amor? ¿Comparándolas, tal vez?

–Pronto estaremos en la autopista –le dijo Sebastian mientras se incorporaba al tráfico de la vía principal–. Llegaremos al hotel dentro de una hora. Ahora, cierra los ojos –le ordenó–, y relájate.

Sus palabras solo consiguieron afianzar en ella la idea de lo diferentes que eran los hombres de las mujeres. Tal vez él pudiera relajarse después de lo que había pasado; pero a ella le resultaba imposible.

Emily razonó que tal vez Sebastian no estuviera pensando en Lana. Sus ridículos miedos solo eran fruto de su inseguridad y de sus celos.

Los hombres vivían el momento, que era precisamente lo que ella se había propuesto hacer también. Vivir el placer del momento y no preocuparse de nada más; y menos de Lana.

Eso era estupendo como teoría; aunque no tan fácil en la práctica. Al menos para ella.

Menos mal que Sebastian se había hecho con el control de la situación; porque tenía razón. Ella no había querido que él la llevara a casa; sino que quería pasar esa noche junto a él para recordarla el resto de su vida.

Para Sebastian, sería una noche de sexo sin compromisos, del que los hombres sin duda disfrutaban. Para ella, seguramente sería una experiencia agridulce; pero una de la que jamás se arrepentiría.

Si tenía que guiarse por el efecto de sus besos, iba a pasárselo de maravilla, en el terreno sexual al menos. Toda ella temblaba solo de pensarlo.

Por supuesto, al día siguiente todo sería muy difícil.

A pesar de lo que él había dicho, Emily no estaba convencida de que Sebastian fuera a permitir que ella se marchara de su casa. Sebastian era un hombre muy cabezota, y como tenía mucho dinero, estaba acostumbrado a salirse siempre con la suya. Emily apostaría cualquier cosa a que él seguía pensando que podría seducirla para que terminara haciendo lo que él quería.

Emily no podía negar que cuando él la había besado un momento antes, ella había dejado de pensar totalmente. Pero no podía hacerle el amor todo el tiempo; tendría, como en ese momento, algunos de respiro.

Finalmente, Emily cerró los ojos, se recostó cómodamente en el asiento y pensó en algunas cosas importantes. Para empezar, no debía olvidar que él no la amaba, por muy bien que le hiciera el amor. Igualmente, tenía que convencerse de que solo se la llevaba a la cama para conseguir lo que él quería; y de que para Sebastian solo sería sexo y nada más.

Capítulo 9

EMILY no podía relajarse, por supuesto. Solo fingió hacerlo para que Sebastian la dejara en paz. Pasado un rato, volvió la cabeza y los hombros hacia la ventanilla para poder abrir los ojos sin que él la viera.

Estaban ya en la autopista. Las afueras al sur de Sídney se habían quedado atrás, y Sebastian avanzaba a gran velocidad por la autovía de varios carriles que en ese momento cruzaba un parque nacional cubierto de bosques, que flanqueaban ambos lados de la carretera.

Hacía años que Emily no había estado en la costa sur. Mark y ella siempre habían ido hacia el norte cada vez que habían pasado un día o un fin de semana fuera. Durante un tiempo había tenido un novio que vivía en Campbelltown, y a menudo la había llevado a Austinmere, una bonita playa en la costa sur donde había piscinas naturales. También había ido con él a Thirlmere, que era más bien una playa de surfistas. Jamás había ido a Wollongong, que era la mayor de las poblaciones costeras en el sur; en realidad, una ciudad.

Había dos rutas distintas para llegar a su destino. Para seguir la primera debían abandonar la autopista y bajar por el puerto de Bulli en dirección sur por la carretera de la costa hasta Wollongong. Esa era considerada la ruta más turística, ya que contaba con vistas espectaculares. Lo malo era que el puerto de Bulli era una bajada muy empinada y había un montón de curvas cerradas.

Alternativamente, podían seguir por la autovía hasta llegar al Wollongong. Esa ruta era más rápida, con un descenso más gradual desde las colinas a la costa, pero menos interesante.

Cuando llegó la desviación de Bulli, Sebastian se quedó en el carril central, claramente dispuesto a no abandonar la autopista. Quince minutos después, el terreno boscoso desapareció y la ciudad de Wollongong apareció más abajo.

Emily vio el hotel mientras descendían por la escarpada carretera, ya que el alto edificio blanco destacada entre los demás. Pero no se dio cuenta de que era el Norfolk hasta que Sebastian accedió al camino circular que había delante del hotel y que conducía hasta su impresionante entrada.

–Caramba –exclamó Emily mientras se incorporaba en el asiento.

Era la primera palabra que decía desde que Sebastian le había ordenado que no abriera la boca.

Él la miro de reojo, con una sonrisa de satisfacción pintada en el rostro.

–¿Te gusta?

–Es maravilloso.

Y por la pinta, muy caro.

Emily conocía bien los hoteles; y aquel sin duda rivalizaría con los mejores de Sídney. Un mozo de aparcamiento apareció inmediatamente nada más bajar del coche, además de un portero que se hizo cargo de las dos bolsas pequeñas. Sebastian la agarró del codo y accedieron al vestíbulo del hotel por las puertas giratorias. Emily hizo lo posible por aparentar que eso era lo que hacía todos los fines de semana: quedarse en un hotel de cinco estrellas con uno de los solteros australianos más ricos y cotizados.

El vestíbulo era enorme, con suelos de mármol, techos abovedados y algunas arañas de cristal que no habrían estado fuera de lugar en algún suntuoso palacio europeo.

La rubia que estaba detrás del mostrador se desvivió por atender a Sebastian; y Emily se avergonzó de la reacción demasiado efusiva de la joven. Durante el tiempo que había trabajado en la recepción del Regency, habían tenido presidentes, estrellas de rock e incluso un jeque o dos que se habían hospedado allí; pero con ninguno de ellos había reaccionado como esa chica con Sebastian.

La rubia tuvo incluso la frescura de echarle una mirada de reojo a Emily cuando Sebastian estaba registrando su entrada en el hotel, como si no entendiera qué diantres estaba haciendo él con una novia de aspecto tan ordinario.

Emily se puso derecha y le dirigió a la recepcionista una mirada como si le lanzara afilados cuchillos, hasta que la chica se puso colorada y dejó de mirar. Cuando Sebastian acompañó a Emily a los ascensores, ella iba enfadada; sin embargo sabía que incluso eso era mejor que sucumbir a los nervios que le atenazaban el estómago.

–¿Siempre se ponen así las mujeres cuando te ven? –le preguntó ella cuando él le soltó el brazo para apretar el botón.

Él se encogió de hombros.

–Muy a menudo.

–No me extraña que seas tan arrogante.

La mirada de Sebastian se volvió misteriosa y reflexiva.

–¿Estás intentando provocarme adrede, Emily?

¿Lo estaba?

Emily se sintió culpable cuando se dio cuenta de que había tratado de sabotear la noche una vez más. Seguramente por miedo.

–Lo siento –dijo ella–. Ha sido una grosería por mi parte.

–Sí, lo ha sido.

–No suelo ser grosera.

–Lo sé. ¿Entonces por qué lo has sido ahora?

–Supongo que es porque estoy nerviosa –confesó ella.

–¿Nerviosa? –repitió él, como si eso fuera algo ajeno a él.

–Es una tontería –soltó ella–. No es como si fuera virgen ni nada así.

–Tal vez no –dijo él, mirándola de pronto con ternura–. Pero esta será tu primera vez en mucho tiempo. Y la primera vez conmigo.

–Sí –susurró ella con la garganta reseca de tanto nerviosismo.

Las puertas del ascensor se abrieron en silencio y salió una pareja que puso fin a su conversación; pero no a los latidos cada vez más rápidos del corazón de Emily.

Cuando Sebastian le tomó la mano, Emily sintió como un latigazo de electricidad en el brazo. La aprensión dio paso a la anticipación, la duda al deseo más imperioso que había sentido en mucho tiempo, no de que le hiciera el amor, sino el deseo de que la devorara. Ella volvió la cabeza y lo miró a los ojos.

–No seas suave conmigo –se oyó decir.

Él la miró y no dijo nada; entonces asintió.

–Tus deseos son órdenes para mí.

–Yo no suelo ser así –le dijo ella con voz temblorosa.

–No tienes por qué darme excusas –le respondió él mientras le ponía la mano en la cintura para entrar en el ascensor, donde introdujo en una ranura la tarjeta que les daba acceso a su planta–. Conozco bien las perversidades de la carne.

Ninguno de ellos dijo nada durante el breve trayecto de subida; tampoco se tocaron.

Cuando el ascensor se paró y las puertas se abrieron, Emily se sintió desfallecer; y como se tambaleó suavemente subida en los tacones altos, Sebastian la tomó en brazos y la sacó del ascensor.

Nadie estaba allí; ni tampoco se encontraron a nadie en el pasillo de las habitaciones.

Claro que a Emily no le habría importado, ya que tenía a Sebastian a su lado. Ella le rodeó el cuello con los brazos y dejó que el bolso se balanceara suavemente sobre la espalda de Sebastian.

Cuando llegaron delante de la puerta, Sebastian la sostuvo con una sola mano y utilizó la otra para abrir la puerta. Una vez dentro, cerró la puerta con el pie antes de continuar al interior, donde ya estaban sus bolsas. Cruzó una espaciosa sala que accedía directamente al lujoso dormitorio, donde había una cama enorme.

Emily no se sorprendió de que hubiera reservado lo que probablemente sería una de las suites más caras del hotel; los hombres como Sebastian siempre hacían las cosas a lo grande.

Pero sí que se sorprendió al ver lo que por experiencia sabía que no eran los accesorios que solían ir con la suite, a no ser que uno los pidiera. Los clientes de una suite podrían esperar una botella de champán a su llegada, pero no una de dos litros; ni tampoco fresas cubiertas de chocolate, presentadas exquisitamente en una bandeja de cristal.

—No —dijo él bruscamente cuando vio hacia dónde miraba ella—. Hasta después, nada de eso. No tardaré, pero antes de irme... —le puso la mano en la parte de atrás de la cabeza y la besó en la boca con avidez, devorándola durante varios segundos antes de apartarse de ella—. Podrías ir desvistiéndote para adelantar un poco —le dijo en tono ronco antes de darse la vuelta y meterse en el cuarto de baño adyacente al dormitorio.

Emily se quedó mirándolo, mientras el corazón le palpitaba de nuevo con fuerza. Parecía que iba a conseguir lo que le había pedido; sin embargo, por alguna extraña y maravillosa razón, ya no quería sexo salvaje.

Claro que ya no podía quejarse. Él pensaría que ella

se había vuelto loca... Pero eso era del todo imposible, porque toda ella ardía en deseos de que Sebastian le hiciera el amor sin más dilación. Se le encogió el estómago solo de pensarlo. Si él salía y veía que ella no había empezado a desvestirse, tal vez pensara que había cambiado de opinión otra vez.

Emily exhaló un suspiro tembloroso y dejó el bolso en una silla que había allí antes de quitarse la chaqueta de ante y colocarla en el respaldo. A pesar de la agradable temperatura de la habitación, de pronto se le puso la carne de gallina. Sebastian salió del baño y la sorprendió frotándose los brazos.

Se miraron a los ojos. Emily le rogó con la mirada que no le hiciera lo que le había pedido antes. Necesitaba que fuera más suave con ella; que fuera tierno y romántico. Aunque tuviera que fingir.

Ninguna mujer lo había mirado nunca como Emily lo miraba en ese momento. Las mujeres con las que se había acostado últimamente habían sido todas criaturas provocativas y bellas, confiadas con sus cuerpos y sus conocimientos sexuales. Jamás le habían atraído las mujeres tímidas o las vírgenes inhibidas.

Claro que Emily no era ni lo uno ni lo otro. Él mismo había descubierto la noche anterior, y de nuevo ese mismo día, que su ama de llaves aparentemente reservada podría ser tan valiente como la mejor.

Sin embargo notó que en esos momentos ella se sentía muy vulnerable; se le notaba en la mirada de preocupación y en su manera de abrir los ojos.

Suponía que no podría ser fácil meterse en la cama con un hombre después de una ruptura de cuatro años. O desnudarse delante de él como habría hecho Lana.

Sebastian decidió que hacía falta cambiar de táctica.

—Hay un par de albornoces en el baño.

Ella era dulce y endiabladamente sexy al mismo tiempo.

Sebastian canturreaba feliz mientras abría con rapidez la botella de champán. Sirvió dos copas y las llevó a la mesita. Después de eso, volvió al salón y sacó unos preservativos de su bolsa que guardó en el cajón de la mesita de noche del dormitorio.

Se dijo que era mejor estar preparados que sentirlo luego; aunque, con un poco de suerte, a la mañana siguiente Emily aceptaría su proposición y no tendrían que utilizar protección.

Pero primero debía impresionarla esa noche.

Sebastian no tenía duda alguna de que podría satisfacerla en la cama. Confiaba totalmente en sus habilidades en el dormitorio; el problema eran las emociones de Emily. Ella era mucho más compleja de lo que había imaginado; mucho menos pragmática y más sensible.

Sebastian no tenía experiencia personal con las mujeres suaves y femeninas.

En ese momento, la puerta del baño se abrió silenciosamente, y Emily salió envuelta en un voluminoso albornoz blanco que le tapaba desde los tobillos hasta el cuello. Al avanzar hacia la cama Sebastian notó que estaba pálida, tan blanca como el albornoz.

–Ah –Emily recuperó un poco el color al ver los vasos en la mesilla–. Has abierto el champán.

Sebastian se felicitó interiormente por haberlo hecho.

–Me parecía mal no hacerlo –respondió con suavidad–. Me parece más romántico así. ¿Ahora, por qué no te quitas ese albornoz y te metes en la cama, preciosa?

Cuando ella vaciló, él se acercó a desatarle el cinturón; y mientras abría el albornoz y se lo retiraba de los hombros, Sebastian no dejó de mirarla a los ojos.

Sebastian creía que sabía qué esperar de su cuerpo. La había visto desnuda en la piscina la noche anterior.

Ya sabía que tenía los pechos grandes y una figura más esbelta de la que mostraba con la ropa suelta que solía llevar.

Apenas bajó la mirada cuando el albornoz se le resbaló y cayó al suelo, porque en ese momento no quería que sintiera vergüenza. Pero cuando ella apartó los ojos de los suyos, él bajó la vista automáticamente.

Sebastian amaba la belleza femenina, y nada le atraía más que una mujer que tuviera curvas. Le desagradaba la moda actual que obsesionaba a las mujeres con la delgadez.

Emily tenía todo lo que le volvía loco. Para empezar tenía unos pechos magníficos, una cintura tan estrecha que podía rodearla con sus manos, unas caderas estupendas que armonizaban con su busto y unas piernas largas y torneadas, con tobillos delgados y pies pequeños.

Poseía una figura de guitarra, un cuerpo de diosa, que ya quedaba completado al máximo con un vientre suavemente redondeado y con ese tipo de piel suave y clara que se moría por acariciar.

Comparada con ella, Lana no tenía ningún atractivo. Sebastian se había dado cuenta por fin de que era una prostituta, una prostituta sin corazón que solo iba detrás del dinero.

Pero no esa maravillosa criatura que tenía delante. A ella no se la podía comprar. Eso al menos le había quedado claro.

Lo cual hacía que Sebastian la deseara más, no solo esa noche, sino para pasar con ella el resto de su vida. Y para eso tenía que hacerlo más que bien. Tenía que estar inmejorable.

–Eres tan bella, Emily... –le dijo en tono suave–. Ven aquí... –se apartó de ella un momento para retirar la colcha de lana y las frescas sábanas de lino–. Cúbrete ese cuerpo tan tentador mientras me desvisto.

Capítulo 10

EMILY estaba sentada en mitad de la cama de matrimonio, cubriéndose el pecho con la sábana mientras observaba a Sebastian desvistiéndose, no en la intimidad del cuarto de baño, como había hecho ella, sino allí mismo.

Se le aceleró el pulso cuando él se sacó la camiseta negra que llevaba entremetida bajo los pantalones y empezó a quitársela por la cabeza; entonces fue cuando empezó a temblar de deseo. Lo había visto muchas veces en bañador en la piscina, y sabía de antemano que su cuerpo era sencillamente maravilloso. De tanto remar, Sebastian tenía los hombros anchos, las caderas estrechas, el estómago plano y la piel sedosa y ligeramente bronceada.

Por su aspecto, nadie le echaría cuarenta años.

Pero era distinto mirarlo en la piscina que lo que veía en ese momento; sobre todo porque sabía que allí acabaría desnudándose del todo, y que en breve se metería en la cama con ella, la besaría y tocaría y le haría el amor.

Emily tragó saliva y decidió tomarse una copa de champán para aliviar aquella sensación en la garganta. Pero cuando dio un trago una gota de champán se le resbaló por la barbilla, porque no se estaba fijando en lo que hacía sino en las manos de Sebastian, que en ese momento se estaba desabrochando los pantalones y bajando la cremallera. Emily trató de no mirar, pero le fue del todo imposible porque con un movimiento brusco Sebastian se llevó por delante los calzoncillos. Fue entonces cuando se quedó verdaderamente paralizada.

—Mejor así —dijo Sebastian con una sonrisa, antes de sentarse en la cama para quitarse los calcetines y los zapatos—. Estás mucho más relajada —le dijo mientras se metía en la cama con ella—. Debe de ser el champán... Dame un poco de tu copa...

Le rodeó la mano con las dos suyas mientras se llevaba la copa a los labios. Emily lo miró a los ojos mientras él bebía y sintió incredulidad.

—Esto es una auténtica locura —susurró ella.

Sebastian le retiró la copa de la mano, se bebió lo que quedaba y la dejó sobre la mesita. Cuando se volvió a mirarla, se acercó un poco más y le puso las manos en las mejillas.

—Las locuras pueden ser buenas —dijo él mientras la tumbaba despacio sobre los almohadones—. Las locuras pueden ser divertidas. ¿Hace cuánto que no te diviertes, Emily?

—Demasiado —susurró ella justo antes de que sus labios tocaran los suyos.

Emily cerró los ojos y emitió un gemido suave y gutural; el eco de una emoción que amenazaba con ahogarla. Por fin estaba ocurriendo. Sebastian estaba haciéndole el amor; haciéndoselo de verdad.

Sus labios la acariciaban con suavidad, sin prisas ni brusquedad; y sus manos... ah, sus manos...

Mientras con una le retiraba un mechón de cabello de la frente, la otra la deslizaba por su cuello, por sus pechos, sus costillas y su vientre. Por donde pasaba, dejaba una estela de placer, y Emily anheló que él la acariciara así por todas partes.

Pero él se tomó su tiempo y la hizo esperar, arrancándole jadeos de placer cada vez que le rozaba los pezones, que no podían estar más duros y sensibles.

La mano que no dejaba de moverse finalmente tomó caminos más íntimos y se deslizó entre sus muslos, con lo que arrancó gemidos de placer de su garganta.

Emily sintió verdadera desesperación cuando él se centró en su zona más erótica. ¡Si seguía haciéndole eso, acabaría en un segundo! Y Emily no quería eso. Quería sentirlo dentro; quería abrazarlo y fundirse con él en un solo ser.

Toda ella se puso tensa, tratando de evitar lo inevitable... ¡Y qué alivio cuando él retiró la mano! Sebastian levantó la cabeza, y ella lo miró con una mezcla de adoración y gratitud.

Él le sonrió antes de inclinarse a besar suavemente sus labios entreabiertos.

—No tardo ni un segundo —le dijo con voz ronca.

Se retiró de encima de ella, abrió el primer cajón de la mesilla de noche y sacó un paquete pequeño.

La consideración que mostraba Sebastian tanto con ella como con él mismo la conmovió. Emily, que no era capaz ya de pensar con sensatez, no se habría preocupado de si él se ponía o no preservativo; y estaba segura de que de haberle pedido Sebastian que se casara con él, sin duda ella habría aceptado.

—¿Por dónde iba? —dijo él cuando volvió a su lado.

—No, espera —le dijo Emily cuando notó que su mano experta y traviesa se acercaba a la zona de peligro

—¿No te gusta? —le preguntó él con sorpresa.

—Me gusta demasiado —Emily apenas podía hablar de lo excitada que estaba.

Sebastian sonrió.

—¿Entonces qué te gustaría que te hiciera?

—Házmelo, apiádate de mí.

Él se echó a reír.

—Y todos estos meses yo pensando que mi tranquila y sensata ama de llaves era la paciencia personificada.

No, no, Emily; no vuelvas la cara, por favor. Me gusta ver la pasión salvaje que veo en tus ojos. Me excita. Tócame, mira lo que me has hecho.

Le apretó la mano contra su descomunal erección. Ese gesto fue suficiente para despertar el deseo de Emily, que con un gemido gutural empezó a acariciar su miembro duro y recio.

–Déjalo...

Sebastian le agarró las dos manos y se las plantó en la almohada, un poco por encima de la cabeza. Su torso le acariciaba los pezones y el miembro le apuntaba hacia el vientre.

–Abrázame con tus piernas –le ordenó él en tono ronco.

Cuando ella lo hizo, él le soltó las manos, confiando tal vez en que ella se quedara quieta para él. Pero probablemente más porque necesitaba tener las manos en otro sitio.

Emily jamás olvidaría el momento en que Sebastian la penetró; ni la emoción que sintió y que iba mucho más allá que una sensación meramente física.

El corazón le dio un vuelco y toda ella se estremeció con un orgasmo que fue tan placentero como prematuro. Movía la cabeza de un lado al otro, con los ojos cerrados, apretados, mientras los temblores la recorrían de los pies a la cabeza.

En silencio gritaba el nombre de Sebastian, mientras las lágrimas amenazaban con derramarse. «¡Sebastian, amor mío!»

Sebastian no sabía qué hacer.

Si no se equivocaba, Emily estaba llorando. ¿Debería simplemente ignorarlo y continuar?

Su cuerpo le pedía a gritos dejarse llevar para llegar al orgasmo; pero le parecía insensible por su parte no esperar un momento para saber lo que le pasaba a Emily; aunque sospechaba de qué podría tratarse.

–No, no –exclamó ella con un hilo de voz al notar que él se retiraba.

Con un suspiro de alivio, Sebastian se hundió de nuevo entre sus piernas, donde el calor palpitante lo envolvió de inmediato. Entonces, se apoyó sobre los codos para mirarla a la cara y poder comprobar si sus sospechas eran ciertas. Desgraciadamente Emily estaba llorando de verdad; no con histerismo, sino en silencio.

–No estarás pensando en ese imbécil de Mark, ¿verdad? –le preguntó con cierta exasperación.

¿Por qué era que las chicas más dulces siempre se enamoraban de cretinos egoístas?

–¿Mark? –repitió ella mientras pestañeaba confusamente–. No, no... No estoy pensando en Mark.

–¿Entonces en qué?

–¿No se puede... llorar de alegría?

–¿Alegría?

–Sí... Es un alivio saber que puedo disfrutar del sexo sin amor después de todo.

Sebastian no pudo entender por qué ese descubrimiento de Emily no le complacía tanto como habría pensado. Tal vez porque en secreto había esperado que ella se enamorara de él cuando le hiciera el amor. Los sentimientos de amor de Emily le pondrían mucho más fácil lo del matrimonio.

Sin embargo, era estupendo que ella disfrutara y que no penara por ningún imbécil.

–¿Entonces puedo seguir? –le preguntó él, que ya se movía dentro de ella.

Ella no dijo nada, pero de pronto tenía la boca entreabierta y los ojos vidriosos. Aspiró hondo cuando la tensión empezó a tensar de nuevo sus entrañas, señal inequívoca de que no había terminado.

De repente Sebastian sintió la necesidad imperiosa

de demostrarle a Emily que, si se casaba con él, su vida sexual no estaría restringida a una noche de vez en cuando, ni a la posición del misionero, sino que le haría el amor a menudo, y de muchas maneras.

¡Desde ese mismo momento!

Emily gimió débilmente cuando él se retiró, pero no protestó en absoluto cuando le dio la vuelta y la puso a cuatro patas. Esa siempre había sido una de las posturas preferidas de Sebastian, tal vez porque garantizaba el placer y la satisfacción de la mujer.

Sebastian se enorgullecía de su experiencia y su control sexual, pero Emily demostraba ser una pareja muy difícil de controlar. En lugar de estarse quieta, Emily no dejaba de balancearse adelante y atrás, y de menear su delicioso trasero con el que le presionaba intensamente la entrepierna.

Él le agarró los pechos en un vano intento de sostenerla para que se quedara quieta, pero fue demasiado tarde. Habían llegado a un punto sin retorno, y a los pocos segundos se vació dentro de ella.

Sebastian no esperaba que ella llegara con él, pero para sorpresa suya Emily hizo precisamente eso, ensalzando el placer de su clímax cuando sus músculos se contrajeron sobre su miembro, una y otra vez.

Sebastian trató de contener sus gemidos, porque no solía ser un amante ruidoso; pero gimió sin poderse contener, y fue maravilloso hacerlo.

En ese momento, decidió que a partir de entonces no volvería a quedarse en silencio.

Se retiró con cuidado, y no se sorprendió cuando Emily se quedó tumbada en la cama bocabajo, con los brazos extendidos a ambos lados. Sus suspiros fueron los de una mujer satisfecha.

Sebastian sonrió con complicidad. Si ella pensaba que el sexo había terminado, estaba muy equivocada, porque acababa de empezar. Le acarició la espalda con gesto posesivo, para deslizar seguidamente los dedos por las nalgas redondeadas como un melocotón, complacido con los temblores que recorrían su piel.

Sebastian se dijo que deseaba más que nunca casarse con Emily. Con esa mujer tendría lo mejor de ambos mundos: una vida llena de paz, y también pasión. ¿Qué más podía desear?

No podía tolerar la idea de que ella aceptara el otro empleo al lunes siguiente. Tenía que encontrar el modo de conservarla a su lado, de que accediera a casarse con él; y muy probablemente no bastaría con una buena sesión de sexo, ya que seguramente Emily seguiría pensando que también quería amor.

De pronto se le ocurrió una idea bastante despiadada, y se preguntó si podría llevarla a cabo.

Sebastian le deslizó la mano entre los muslos y empezó a jugar con ella hasta que Emily se retorció y gimió de placer.

Sin problema, pensaba Sebastian mientras lo invadía una embriagadora sensación de poder. Sin problema en absoluto.

Capítulo 11

«TENGO que ser razonable, tengo que ser razonable, tengo que ser razonable, tengo que ser razonable».

Emily no dejaba de repetirse aquel estribillo mientras se recostaba en la bañera de hidromasaje, con una fresa con chocolate en la mano y una copa de champán en la otra. Pero resultaba difícil ser razonable cuando una estaba medio borracha y, sobre todo, tan enamorada como ella.

Era Sebastian el que le había llenado la bañera, quien había encendido las velas y colocado todo para que comieran y bebieran. Sebastian el que había tenido el detalle de dejarla sola en la bañera cinco minutos; Sebastian quien se mostraba tan atento con ella que, si no lo conociera mejor, le haría pensar que estaba enamorado de ella.

Pero entendía que aquello no era más que parte de la rutina de seducción.

—¿Qué hora es? —preguntó ella antes de dar un mordisco a la deliciosa fresa, seguido de un sorbo de champán.

—Alrededor de las siete, creo —respondió él con naturalidad—. Tal vez un poco más tarde. ¿Tienes hambre? ¿Quieres que pida que nos suban la cena cuando salgamos de la bañera?

—No. Aún no. Creo que las fresas me han quitado el apetito —se metió la última en la boca y dio otro sorbo de champán.

–Iremos a dar un paseo más tarde. Entonces te apetecerá algo más sustancioso que las fresas.

A Emily no se le ocurría nada que le apeteciera menos que vestirse e ir a dar un paseo.

–¿No podríamos quedarnos aquí?

–¿Quieres decir en la bañera?

–No, en el agua no; me estoy empezando a arrugar. Estaba pensando que... si te parece bien.... podríamos, esto... quiero decir... podríamos...

¡Pues vaya ayuda la del champán! En lugar de soltarle la lengua, se le enredaba.

–Emily –dijo Sebastian, con esa cara que ponía siempre que se sentía frustrado con alguien o por algo–. Deja de tartamudear y dilo de una vez.

Emily dio otro sorbo de champán.

–De acuerdo. Quiero volver a la cama y hacerte el amor.

Él arqueó las cejas.

–¿Te gusta ponerte encima?

–Bueno, yo... A veces –dijo ella aunque fuera una mentira.

Nunca le había gustado tanto esa posición, pero últimamente había fantaseado bastante con hacerle el amor a Sebastian así, y tal vez esa fuera su única oportunidad de hacer realidad su fantasía. No era la parte de estar encima lo que deseaba tanto, sino poder tocarlo por todas partes y besarlo sin parar.

Sus ojos azules la miraron con un brillo pícaro.

–Emily Bayliss, hoy no has dejado de sorprenderme.

–Eso es porque no me conoces en realidad. Al igual que yo no te conozco a ti.

–¿Me lo dices como advirtiéndome de que no vas a cambiar de opinión en cuanto a mi proposición?

Emily agarró con fuerza la copa de champán.

–Me prometiste que no hablarías de eso esta noche.

—Es cierto —murmuró él—. Pero mañana mismo sacaré el tema.

Emily se dijo que si él se lo pedía en una situación tan romántica como la de ese momento, ella seguramente diría que sí, que aceptaba. Y ya sentía que su firmeza se iba desmoronando.

—Hasta que no nos marchemos de aquí, no —le pidió ella—. Por favor, Sebastian.

Si él esperaba a hablar del tema cuando regresaran a Hunter's Hill, a ella le resultaría más fácil.

—¿Y por qué?

—Porque lo estoy pasando de maravilla y no quiero discutir contigo —respondió ella.

—No te imagino peleando con nadie. Al menos no en serio.

—En ese caso, no sabes cómo soy en realidad. Justo antes de empezar a trabajar para ti, discutí con mi padre y seguimos sin hablarnos.

Sebastian frunció el ceño.

—¿Y por qué diantres discutisteis?

Emily se arrepintió de meter a su padre en la conversación; aunque tal vez fuera un recordatorio a tiempo de cómo los hombres utilizaban a las mujeres que los amaban para conseguir sus propios fines. Tenía que tener cuidado de no dejar que Sebastian fuera el tercer hombre que la convertía en una víctima.

Era el momento de volver a tomar las riendas de su vida; el momento de conseguir lo que quería, aunque solo fuera una noche.

—¿Te importaría si dejo para otro día las disputas familiares? —le preguntó ella mientras se deslizaba hacia delante y le retiraba a Sebastian la copa casi vacía de la mano—. No creo que sea ni el lugar ni el momento. Ahora...

Se puso de pie despacio en la bañera, emocionada al ver cómo Sebastian la devoraba con los ojos.

–Voy a salir a dejar estas copas. Quédate aquí hasta que me seque bien... Entonces me ocuparé de ti.

Sebastian observaba con deleite los movimientos pausados y sensuales de Emily mientras se secaba, como si acariciara su piel con la toalla. Era una mujer muy, muy sexy.

Cuando él salió de la bañera, estaba ya muy excitado; y cuando ella terminó de secarlo, Sebastian deseó no haber permitido que ella tomara las riendas del juego amoroso. El deseo de levantarla sobre el tocador y de embestirla allí mismo fue tan intenso, que tuvo que dominarse para no dejarse llevar y hacer precisamente eso.

Tuvo un breve respiro cuando volvieron al dormitorio. Sin embargo, fue enseguida al cajón a sacar un preservativo que le dio a Emily, con la esperanza de que ella se diera por aludida.

Emily esbozó una sonrisa pícara y sensual mientras dejaba el pequeño paquete sobre la otra mesilla.

–No lo vamos a necesitar de momento –ronroneó mientras se acurrucaba contra él y apoyaba la cabeza sobre su hombro desnudo para acariciarle el estómago–. No tienes que hacer nada en absoluto –continuó Emily mientras la mano del estómago empezaba a describir círculos muy despacio, avanzando con delicadeza hacia su sexo.

Sebastian se puso tenso al ver que inexorablemente la mano de Emily estaba cada vez más cerca de su erección.

Ella levantó la cabeza del hombro y lo miró fijamente mientras con las puntas de los dedos trazaba los músculos entre las costillas. Tenía los ojos vidriosos, con expresión casi nostálgica.

–Tienes un cuerpo magnífico, Sebastian –le dijo finalmente.

–Trabajo mucho para tenerlo así –respondió él mientras pensaba que Lana jamás le había elogiado de ese modo.

Ella siempre había esperado todos los elogios.

–¿Qué vas a hacer por la mañana sin río en el que remar? –murmuró Emily.

–Lo mismo que hago cuando estoy fuera –respondió él.

Ella lo miró.

–¿Que es?

–Cien flexiones y cinco kilómetros corriendo.

–Estás de broma.

–No.

–Es un tanto obsesivo por tu parte, ¿no te parece?

–Soy obsesivo. ¿Cómo crees si no que he alcanzado el éxito en mis empresas?

–A lo mejor es hora de que te relajes un poco y de que disfrutes de los frutos de tu trabajo.

–Es difícil relajarse en este preciso momento...

Sebastian ahogó un suspiro cuando ella le rozó la erección con el lateral de la mano.

–Pobrecillo –dijo Emily con voz ronca.

Sebastian sabía lo que Emily iba a hacer cuando se dio la vuelta para tumbarse de lado, en una postura en la que tenía acceso a la parte inferior de su cuerpo tanto con las manos como con la boca. Estaba claro que tenía la intención de darle placer con la boca, tal vez incluso hasta el final.

Cosa rara, a Sebastian no le gustaba demasiado la felación. Jamás se había quedado convencido de que una mujer disfrutara haciéndola. Desde que se había hecho rico, muchas mujeres habían mostrado deseos de darle placer de ese modo. Y, aunque no podía negar que le proporcionaba un intenso placer físico, siempre se distanciaba mentalmente de aquel acto, al que siempre contemplaba con cinismo.

Pero cuando Emily empezó a acariciarlo íntimamente, cuando puso los labios donde había puesto las manos, Sebastian sintió como si se le encogiera el corazón. Era imposible contemplar con cinismo el entusiasmo de aquella mujer cuando le hacía el amor. Emily no tenía ningún motivo más allá del placer para practicar el sexo oral; y no había en ella artificio, ni ambición. Su único motivo era darle placer y sentir placer.

Sebastian gimió al sentir sus besos suaves por todo el miembro, sorprendido por las sensaciones que ella le hacía sentir. Cuando finalmente ella se metió su miembro en la boca y se lo lamió, Sebastian se precipitó por un abismo de deliciosas sensaciones y emociones intensas, totalmente ajenas a él.

Apenas podía pensar ni respirar.

Estaba a punto de llegar cuando ella dejó de agasajarle, y se retiró el cabello de la cara mientras lo miraba con los ojos entrecerrados.

–No lo dejaré si tú no quieres –dijo ella.

Sebastian se fijó en sus labios húmedos, en su cara sofocada, y en sus pezones tiesos.

–Depende de ti –respondió en tono ronco.

–Yo preferiría hacer esto –le susurró ella mientras se subía y se sentaba a horcajadas sobre él.

Temblándole las manos se colocó adecuadamente para que él la penetrara.

Él gimió al sentir su calor, su sexo húmedo y caliente. Emily se hundió hasta el final, y entonces empezó a subir y bajar con abandono.

Sebastian vio que ella se había olvidado el preservativo, perdida en su pasión y en su deseo; flotando en la intensidad del momento. Claro que él no estaba lejos.

Momentáneamente pensó en su despiadada idea de no protegerse al hacer el amor con ella antes de que terminara esa noche, de hacer lo posible para dejarla embarazada, para asegurarse de que se casaría con él.

Pero en ese momento ya no le pareció bien intentar atraparla de ese modo; ni permitir que por no haberse dado cuenta ella misma se viera implicada en una situación que no deseaba. Emily merecía algo más que eso; lo mismo que cualquier hijo que pudieran tener en el futuro.

Sebastian frunció el ceño, pensando de pronto en el espinoso tema de la procreación.

Anteriormente no había querido tener hijos, sobre todo porque había tenido que centrar toda su energía en conseguir el éxito en su carrera profesional. Pero también porque nunca había tenido una relación con una mujer que le inspirara confianza para ser una buena madre.

Y aunque estaba seguro de que Emily era esa mujer, quería que fuera su esposa antes de concebir. No quería jamás que ningún hijo suyo tuviera razón alguna para criticar a sus padres; o que sintiera emociones negativas mientras se hacía mayor, como le había pasado a él. Un niño merecía ser amado desde el principio, no ser utilizado como un instrumento para hacer chantaje emocional.

De modo que Sebastian no tenía otra opción aparte de volver a su plan original: conseguir que Emily se sintiera tan vinculada a él a través del sexo que no pudiera decir que no cuando él volviera a pedirle matrimonio.

A ella le gustaba estar encima, pero no era así como Sebastian pensaba que conseguiría su objetivo. Tenía que hacerse de nuevo con el control y darle un nivel de placer que esperaba que no volviera a experimentar con otro hombre.

Cuando la agarró de las caderas y la levantó de encima de él, Emily gimió, tal vez de protesta o de sorpresa. Claro que en realidad no importaba.

–Hora de cambiar, preciosa –gimió Sebastian mientras la tumbaba sobre la cama.

Se echó encima de ella y bajó la cabeza para deleitarse con uno de sus tiesos pezones, lamiéndolo y mordisqueándolo con la lengua y los dientes. Emily gemía de placer, y Sebastian se acordó de lo que ella le había dicho esa tarde. Y como tenía la intención de tomarle la palabra, pasó a lamerle el otro pecho y le dio al ávido pezón el mismo tratamiento que al otro. Solo cuando ella debía de tener los pechos ya ardiendo, él dejó de lamérselos y se deslizó estómago abajo sin dejar de mordisquearla.

Incluso antes de llegar a su destino, ella había separado las piernas con sensualidad, prueba de su excitación. Cuando él le tocó con la lengua en el clítoris, Emily alcanzó el clímax rápidamente.

–No, no... –gimió ella cuando él siguió lamiéndola como sin duda ningún hombre la había lamido, a juzgar por su reacción, para llevarla a un nivel de erotismo donde la mente ya no estaba conectada con el cuerpo, que reaccionaba instintivamente, como el de un animal en celo.

Gimió suavemente con cada espasmo de placer, hasta que se quedó quieta, totalmente extenuada. O al menos eso pensaba ella.

Sebastian se arrodilló inmediatamente entre sus muslos y se inclinó para sacar el preservativo de donde lo había dejado. Tiró de ella para montarla sobre sus muslos, y Emily gimió cuando él la penetró sin miramientos.

Sus enormes ojos azules se encontraron, aturdidos, con los de Sebastian.

–No más –le dijo con voz entrecortada–. No más... –y bajó la cabeza para apoyarla en su pecho, con los brazos colgándole a los lados, sin fuerza.

Él la ignoró, le agarró de las nalgas con las dos manos y la balanceó adelante y atrás encima de él. Pero tuvo que apretar los dientes para no perder el control demasiado rápido.

Emily suspiraba sin protestar, y su cuerpo estaba deliciosamente suave y placentero. Sebastian sabía que no podría durar mucho rato así, y con el pensamiento la urgía a responderle. Porque él sabía que si lo hacía... si no se podía resistir... si se dejaba llevar para tener otro orgasmo, entonces Emily sería suya.

Sus brazos fueron la primera parte de su cuerpo que despertó a la vida, y los levantó para abrazarlo. Entonces empezó a besuquearlo en el cuello. Y después fueron sus músculos internos, que lo apretaban y soltaban de ese modo que solían hacer las mujeres cuando iban a alcanzar el orgasmo.

Finalmente empezó a apoyar las rodillas en la cama y a aplastarse contra él; entonces levantó la cabeza y arqueó la espalda mientras alcanzaba el clímax a la vez que él, que descargó su energía rugiendo como un león.

Sebastian jamás había experimentado nada parecido. La estrechó con fuerza contra su pecho y enterró la cara entre sus cabellos, finalmente libre para perderse en ella. Lo cual hizo durante unos momentos interminables, mientras continuaban sus espasmos, un buen rato después de que ella hubiera terminado.

No notó que Emily se había dormido entre sus brazos hasta que la llamó y ella no le respondió.

Sebastian esbozó una sonrisa triunfal, antes de depositarla despacio en la cama, satisfecho de haber logrado su objetivo.

Claro que no era su intención dormirse en los laureles. Emily no era de la clase de chicas a quien uno pudiera hacerle cambiar de opinión así como así. Tendría que reforzar su dominio sexual sobre ella cuando se despertara, puesto que su misión era que se hiciera adicta a hacer el amor con él antes de que terminara la noche.

No era en absoluto una perspectiva desagradable, pensaba mientras se retiraba de su lado. Emily estaba demostrando ser una mujer muy intrigante en la cama. El matrimonio con ella sería sin duda mucho más que un matrimonio de conveniencia; sería una experiencia tanto emocionante como relajante.

Ella suspiró en sueños cuando él la acarició con suavidad los pechos, el vientre y el trasero; suspiró y luego se estremeció.

Una sensación de triunfo lo invadió al darse cuenta de que respondía a él, incluso en la inconsciencia del sueño. Tal vez hubiera seguido jugando con ella de no haber estado totalmente exhausto. Francamente, necesitaba descansar si iba a seguir demostrando que era el maravilloso amante que no había dejado de decir que era.

Pero a Sebastian le costó quitarle las manos de encima, porque le costaba separarse de ella. Tenía que conseguir que Emily se casara con él.

¡No aceptaría un no por respuesta al día siguiente!

Capítulo 12

¿OTRA taza de café? –le preguntó Sebastian mientras levantaba la cafetera de acero inoxidable y llenaba su taza.

Estaban sentados en la soleada terraza, cada uno con un albornoz puesto, después de terminar un sustancioso desayuno que Sebastian había pedido la noche antes y que les habían subido a la suite en un elegante carrito.

–Sí, por favor –respondió Emily mientras se decía que Sebastian aún no había sacado el tema esa mañana.

Nunca le había visto ofrecerle a Lana si quería otro café. Claro que nunca había querido casarse con Lana. Con cierta inquietud se preguntó si aún querría casarse con ella.

Sebastian habría sacado el tema de haber querido, independientemente de que ella le hubiera pedido que dejaran cualquier discusión sobre el matrimonio hasta que salieran de allí. Tal vez, después de lo de la noche anterior, él no pensara que tenía que pedirle en matrimonio para retenerla a su lado. A lo mejor creía que se conformaría con ser su amante en lugar de su esposa.

Y, aunque eso le entristecía, reconoció que lo aceptaría también.

–Es suficiente, gracias –dijo ella cuando le había llenado la taza un poco más de la mitad.

Qué ironía pensar que podría haber dicho esas mismas palabras la noche anterior, de haber podido, por supuesto.

Emily sabía que se había arriesgado cuando había accedido a pasar la noche con el hombre al que amaba. Pero no sabía entonces lo arriesgado que podía ser. Cuando se había despertado esa mañana, cualquier idea de marcharse se había desvanecido, y había imperado el deseo intenso de estar con él, pasara lo que pasara.

Emily se estremeció al recordar todo lo que había experimentado entre sus brazos. Había pensado que Mark era bueno en la cama; pero en comparación con Sebastian, Mark era un aficionado con poca imaginación y energía. Sebastian le había demostrado la noche anterior que una noche entre sus brazos iba mucho más allá de la fantasía romántica que había imaginado.

Emily jamás había conocido a un amante tan dominante y exigente. No solo le había hecho el amor muchas veces y de muchas formas, sino que hábilmente había seducido su cuerpo y su mente hasta conseguir que ella lo deseara continuamente, incapaz de decir que no a ninguna de sus sugerencias.

Incluso en ese momento, allí sentada tomando café, Emily aún lo deseaba. Menos de media hora antes habían estado haciéndolo, encima del tocador esa vez; y Emily seguía mojada y excitada después de la erótica ducha que habían compartido.

Debería haberse quedado satisfecha; sin embargo, quería más...

Sebastian había desatado en ella un nivel de sensualidad que Emily no sabía que poseía; y por esa razón estaba ya totalmente a su merced.

Su única defensa era fingir, y estaba haciendo lo posible para actuar como la sofisticada mujer de mundo que lo había hecho todo y lo había visto todo.

¿Y quién sabía? A lo mejor todavía era capaz de dejar a Sebastian... ¡Ilusa!

El teléfono de la habitación empezó a sonar. Sebastian frunció el ceño, dejó la cafetera en la mesa y se levantó.

—Espero que no sean de recepción porque se hayan olvidado de que tenemos la salida más tarde —murmuró mientras entraba en la suite.

Emily también se puso de pie, pero no entró. Se acercó a la barandilla de la terraza con la taza en la mano y sorbió despacio el café mientras se recreaba con las estupendas vistas para no pensar en sus preocupaciones.

La vista era espectacular a la luz de la mañana. Desde su piso se veían las copas de los pinos de Norfolk que flanqueaban la playa delante del hotel hasta el horizonte distante.

Era inevitable, sin embargo, que se fijara en el camino de los pinos por donde habían pasado la noche anterior. Estaban compartiendo una deliciosa comida en la suite cuando Sebastian había sugerido dar un paseo por los caminos cercanos al puerto. Ella había aceptado de inmediato. Ya sentía la turbadora necesidad de tenerlo dentro todo el tiempo, y esperaba que un paseo lejos de la seductora suite del hotel sirviera para romper aquel intenso deseo que ardía en su interior.

Emily se fijó en el camino, preguntándose por el pino sobre el que Sebastian la había apoyado para besarla y tocarla por todas partes. Debían de haber dado la misma imagen que dos adolescentes besándose, o posiblemente la de una pareja en su luna de miel. La sombra del árbol les había proporcionado cierta privacidad, pero seguramente la gente los habría visto al pasar.

De todos modos, a Emily nada le había importado en ese momento; y había disfrutado como nunca mientras él le acariciaba el trasero y los pechos. Tan solo cuando Sebastian consiguió que ella terminara rogándole, se la había llevado al hotel para darle más.

–¡Maldición! –exclamó Sebastian exasperado, de regreso a la terraza.

–¿Qué ocurre?

–No era de recepción. Era John.

–¿John? ¿Te refieres a tu asistente personal?

–Le dije dónde iba por si acaso no volvía; siempre le digo a alguien dónde voy cuando hago un viaje en coche. Te lo suelo decir a ti, pero como esta vez has venido conmigo... Claro que eso no se lo he dicho a John.

Emily se preguntó por qué no se lo habría dicho si lo de casarse iba tan en serio.

–Como no ha podido contactar conmigo en mi móvil porque lo apagué, ha tenido que llamar al hotel.

–Una emergencia en el trabajo, supongo –dijo ella.

Sebastian era un empresario que se ocupaba de cada detalle en su empresa, y no era capaz de delegar. Siempre lo llamaban a casa ejecutivos de la compañía, quienes parecían trabajar siete días a la semana.

–Hay un problema con la colonia para ancianos que estamos construyendo en Queensland –le explicó con frustración.

–¿Qué clase de problema?

–¿Cómo...? Ah, nada de lo que tú debas preocuparte –dejó de fruncir el ceño y avanzó hacia ella con una sonrisa en los labios–. Mmm... Estás preciosa con este albornoz –le dijo mientras se colocaba detrás de ella y le abrazaba la cintura–. Pero estás mejor sin él.

Emily no podía creer que Sebastian le estuviera desatando el cinturón.

–¡Sebastian! ¡Déjalo! –protestó ella, asustada al notar cómo le latía el corazón–. Mira lo que has hecho. ¡Por tu culpa he vertido el café!

–Entonces, bébetelo.

–¿Cómo es posible que me lo beba si me estás desvistiendo? ¡Sebastian! ¡Alguien podría vernos!

–¿Y eso te gustaría? –le ronroneó al oído mientras le

retiraba el cinturón y le colocaba las manos en los pechos–. ¿Te excita la idea de que alguien me vea hacerte
el amor, Emily? Anoche, en el árbol, te excitó...

–Eres un hombre malvado –le soltó ella mientras
agarraba la taza con las dos manos para que no se derra-
mara el café.

–Tú eres la malvada –rugió él–. Tú y tu cuerpo pro-
vocativo. Eres tú quien me hace cosas, y no soy capaz
de saciarme de ti.

–No deberías decir esas cosas.

Ni hacer esas cosas, pensaba Emily sin aliento. Él
había vuelto a atarle el albornoz, pero le había levanta-
do la parte de atrás y se la había enganchado en el cinturón.

–¿Por qué no? –le dijo él en tono sensual mientras le
acariciaba las nalgas–. Son ciertas.

Emily se puso un poco tensa cuando él continuó
acariciándole los muslos.

–Sebastian, no –le rogó, aunque toda ella temblaba–.
Por favor, para...

La angustia en su tono de voz consiguió llegar por
fin a Sebastian; aunque en ese momento no fue nada fácil. Porque no le había mentido cuando le había dicho
que no podía saciarse de ella.

Su éxito de la noche anterior con ella se le había subido a la cabeza; e incluso esa mañana había necesitado
que ella se rindiera a él una vez más. Por eso no le extrañaba que volviera a necesitarla de nuevo, a pesar de
haber demostrado de sobra su compatibilidad sexual.

Si él ignoraba sus protestas y la seducía en contra de
su voluntad, podría salirle el tiro por la culata. Y por
mucho que deseara a Emily de nuevo, con una pasión
adictiva que superaba cualquier cosa que hubiera sentido por Lana, deseaba aún más hacerla su esposa.

–Bien –pronunció él con los dientes apretados mientras le bajaba de nuevo el albornoz–. No voy a hacerte nada que tú no quieras, Emily. Pero me parece que será mejor que nos vistamos para no sentir tanta tentación. Y cuando estemos vestidos, nos largamos del hotel.

No había sido su intención hablarle en tono tan duro; pero, maldita sea, estaba más frustrado de lo que lo había estado jamás.

Ella se dio la vuelta. Tenía las mejillas sonrosadas y las pupilas dilatadas de deseo.

–No es que no quiera que me hagas el amor. Sí que quiero –confesó con indecisión–. Solo que... aquí fuera no. Y así no.

Ah, entonces lo que ella quería era el romanticismo. Sebastian le retiró la taza de café de las manos y la dejó sobre la barandilla del balcón. Él era capaz de ser romántico cuando tenía que serlo...

Pero primero...

Emily abrió los ojos como platos cuando él el desató el albornoz de nuevo y se lo quitó. Sebastian se deleitó con sus curvas voluptuosas antes de tomarla en brazos y llevarla dentro.

Una hora más tarde Emily estaba sentada en el coche al lado de Sebastian, totalmente en silencio, después de abandonar el hotel, segura de que cualquier oferta de matrimonio no estaba ya en los planes de su jefe. Él había tenido oportunidad de mencionarlo, pero había preferido quedarse callado después de la última vez que habían hecho el amor. Le había provocado ganas de llorar con tanta ternura. Habría preferido que él se lo hubiera hecho salvajemente que con dulzura, porque mientras le hacía el amor Sebastian no había apartado los ojos de ella.

¿Y qué habría buscado él en su mirada, en su expresión?

Fuera lo que fuera, Emily no había querido que Sebastian presenciara otra capitulación más, y por eso había cerrado los ojos y se había quedado también muy callada. Después, se había vestido sin mediar palabra y lo había acompañado al vestíbulo imbuida de un sentimiento de pesarosa resignación ante su destino.

Amar a Mark le había roto el corazón y provocado amargura; amar a su padre, decepción y consternación. Pero amar a Sebastian le proporcionaría una desesperación tan profunda como no había conocido hasta entonces, ya que él jamás podría corresponderle.

–Voy a volver por la carretera de la costa –le explicó Sebastian cuando tomó una carretera distinta a aquella por la que habían llegado–. Quiero enseñarte el nuevo puente, el Sea Cliff Bridge, que es espectacular –añadió con una sonrisa, la primera en muchísimas horas–. Todavía no lo conoces, ¿verdad?

–Solo en televisión –respondió Emily, que enseguida empezó a sentirse más animada.

Incluso en televisión le había parecido sorprendente, una enorme construcción en forma de serpiente a continuación de los acantilados, pero lejos de las frágiles y escarpadas laderas donde los desprendimientos eran comunes.

–Cuando estemos en el puente nos pararemos a pasear un rato –continuó diciendo Sebastian–. Hay un mirador para poder apreciar las vistas.

–Me encantaría ir –respondió Emily con sinceridad, sorprendida pero complacida por su sugerencia–. Menos mal que llevo los vaqueros y las zapatillas de deporte.

No tardaron mucho en llegar al puente, que era verdaderamente espectacular. Pero como lo cruzaron enseguida, Emily sabía que Sebastian no podría haberlo apreciado bien, ya que iba conduciendo.

En el extremo norte del puente había una zona de aparcamiento a un lado para la gente que quería pararse, y un camino lateral para cruzar el puente a pie. Sebastian accedió al aparcamiento y dejó el coche junto a un autobús pequeño del que salía un grupo de turistas japoneses.

–¿Qué pena que no tengamos una cámara? –dijo Emily cuando vio a todos los turistas japoneses sacando fotos.

–Espera un momento.

Sebastian se acercó a un hombre japonés que tenía tres cámaras colgando del cuello. Después de una breve conversación y de darle algo de dinero, Sebastian volvió con una cámara en la mano.

–Dispara –le dijo Sebastian mientras se la daba–. Es digital y muy sencilla. Mira la pantalla y, si te gusta la imagen, aprietas el botón

–¿Hablas japonés? –le preguntó ella sorprendida.

–Hace un par de años estuve una temporada yendo a Tokio en viaje de negocios, y se me ocurrió que lo mejor era aprender el idioma. Una lengua muy difícil de dominar, por cierto.

Pero Emily estaba segura de Sebastian lo habría conseguido; al igual que conseguía todo lo que se proponía. Por ejemplo, la noche anterior, la había dominado a ella.

–Vamos –dijo él después de que ella hiciera unas cuantas fotos–. Póntela al cuello y vamos a pasear un poco.

Cruzaron el puente en quince minutos, aunque no fueron deprisa. En el camino de vuelta, Sebastian se detuvo en un punto donde, si se asomaba uno por el lateral, se podía ver el mar rompiendo contra las rocas muchos metros más abajo. Emily tomó algunas fotos de las olas golpeando la base del puente de cemento y también de algunos barcos que había en el horizonte.

–¿Has terminado? –preguntó Sebastian cuando Emily se retiró finalmente la cámara de los ojos.

–Sí. Esta noche las pasaré al ordenador y.... ¡Ay! –exclamó Emily con los ojos muy abiertos.

Allí, encima de la barandilla delante de Sebastian, había un estuche que estaba abierto y donde había un anillo con el diamante más grande que Emily había visto en su vida.

Capítulo 13

¡DIOS mío! –Emily se volvió a mirarlo–. ¿Dónde... de dónde lo has sacado?

–Lo compré ayer por la mañana, cuando fui al centro.

Emily lo miró con asombro. ¿Lo había comprado el día anterior?

–Te lo habría dado durante el desayuno, pero me hiciste prometer que no volvería a hablarte de matrimonio hasta que no saliéramos del hotel. Y como ya hemos salido del hotel, Emily –dijo mientras tomaba el estuche y se presentaba–, te lo vuelvo a pedir. ¿Quieres casarte conmigo?

La sorpresa dejó a Emily sin habla durante unos segundos; había estado tan segura de que él no iba a pedírselo otra vez...

–De verdad que eres demasiado, Sebastian... –dijo ella sin saber siquiera lo que decía–. Mira que comprar un anillo así incluso antes de proponérmelo.

–Pensé que me dirías que sí.

–¡Ha debido de costar una fortuna!

–Un cuarto de millón de dólares.

Emily se quedó boquiabierta.

–No es más de lo que te mereces –añadió Sebastian–. Eres una mujer muy especial, Emily. Muy, muy especial. Deseo que seas mi esposa; y creo poder decir sin miedo a equivocarme que hace mucho tiempo que no deseo nada con tanta fuerza.

Emily se quedó mirándolo fijamente. ¿Se lo estaría diciendo en serio?

Sería tonta si creía todo lo que él le dijera; o si no interpretara bien lo que él le estaba diciendo. Lo que Sebastian deseaba más que nada era que su vida continuara como hasta entonces. La única diferencia sería que en lugar de ser solo ama de llaves, sería también la que le calentaría la cama por las noches.

–¿Y si te digo que no? –le soltó ella.

Él echó la cabeza hacia atrás con sorpresa y la miró con expresión sombría.

–Entonces este anillo acabará en las profundidades del océano Pacífico.

–¿Cómo? ¿Es que te has vuelto loco?

–En absoluto –soltó él–. ¿Qué esperarías que hiciera? ¿Devolverlo a la joyería y pedir que me devuelvan el dinero? ¿O guardármelo para pedirle matrimonio a otra mujer en el futuro? No lo creo, Emily. No lo creo en absoluto. ¿Dónde lo ponemos? ¿En tu dedo o en el cofre de un pirata?

Emily gimió con desesperación.

–Eres un hombre muy malvado. Sabes que no puedo permitir que lo tires al mar.

–¿Entonces eso es un sí?

–Sí –dijo ella con un gesto como el que se rinde porque no le queda otro remedio.

¿Serían imaginaciones suyas, o le pareció que Sebastian suspiraba de alivio mientras sacaba el anillo del estuche y se lo ponía en el dedo?

Emily se quedó sorprendida cuando Sebastian tiró la caja, le tomó la mano y se la llevó a los labios para besarla. Era un gesto algo anticuado, pero que a ella siempre le había parecido muy bonito y romántico.

Después, le echó el brazo por los hombros y echaron a andar hacia el aparcamiento.

–No te arrepentirás de tu decisión, Emily. Lo que

compartimos anoche fue increíble. Demuestra que sexualmente somos compatibles; y si mal no recuerdo para ti era importante tenerlo claro. En cuanto a que yo sea implacable... Soy un hombre de negocios inflexible, pero la ética es importante para mí. También soy muy leal por naturaleza; y te prometo que te seré fiel. Estaré a tu lado pase lo que pase. Cuidaré de ti y me comprometeré solo contigo. Tienes mi palabra de honor.

Sus palabras conmovieron a Emily, que se alegró de que él no hubiera hablado de amor, porque sencillamente no le habría creído.

¿Quién sabía? Tal vez su matrimonio tuviera la oportunidad de ser un matrimonio feliz.

Fuera como fuera, se había comprometido ya, e iba a hacer todo lo posible para que funcionara. Ella no era una persona a quien le gustara hacer las cosas a medias.

Estaban cerca ya del coche cuando sonó el móvil de Sebastian.

–Pensaba que lo habías apagado –dijo ella cuando él se paró para sacarlo del bolsillo del pantalón.

–Lo encendí antes de salir del hotel. Toma las llaves del coche mientras contesto... Sí, John.

Emily entendió que Sebastian había estado esperando esa llamada.

Se sentó en el coche y observó a Sebastian por el parabrisas mientras jugueteaba con el anillo. Su cara de exasperación le preocupó. Estaba claro que las cosas en Queensland no iban demasiado bien. Pasados unos minutos, Sebastian guardó el teléfono y volvió al coche con cara de frustración.

–Tengo que marcharme –le dijo cuando se sentó al volante.

–¿Cuándo?

–Esta tarde. John me va a reservar un billete para Brisbane; luego un coche me llevará a Noosa.

–Noosa –repitió ella con un suspiro, sabiendo que eso estaba aún más lejos–. ¿Cuándo volverás?

–Aún no estoy seguro –dijo Sebastian mientras ponía en marcha el coche y salía del aparcamiento–. Depende de lo que tarde en arreglar el problema. Con un poco de suerte, tal vez vuelva mañana por la noche.

–Ah...

Imposible no transmitir decepción en su voz.

Él le echó una mirada interrogante antes de ponerse en marcha.

–No imagines que quiero ir, Emily. No quiero. Me gustaría mucho más quedarme en casa contigo.

Emily tuvo ganas de gritarle que entonces no debería ir; que debería enviar a otra persona, por ejemplo, a John.

Pasaron un buen rato sin hablar. Finalmente, Sebastian rompió el silencio.

–Mira –dijo–. Soy un hombre de negocios muy próspero, la verdad. No he conseguido lo que tengo por ser perezoso o por dejar las cosas a medias; ni tampoco dejando que mis empleados hagan mi trabajo por mí. Además, soy yo el único que tiene la influencia necesaria para resolver el problema.

–¿Y cuál es exactamente el problema? –le preguntó ella, haciendo lo posible para no dejar al descubierto lo que sentía, pues sabía que él lo detestaría–. Me doy cuenta de que cuando era tu ama de llaves no tenías por qué explicarme nada. Pero me parece que siendo tu prometida tengo derecho a que confíes un poco más en mí.

Ella percibió su repentina sorpresa; pero pasado un momento, Sebastian cedió y asintió con la cabeza.

–Tienes razón –dijo él–. No estoy acostumbrado a responder ante nadie. Llevo años yendo y viniendo como me place; pero entiendo que eso tiene que cambiar. ¿Qué te gustaría saber?

–Quiero saber lo que pasa; y cómo vas a arreglarlo.

–Bien. Estoy construyendo unas viviendas de lujo para jubilados en Noosa, y el proyecto se está retrasando un poco por culpa del mal tiempo. Desgraciadamente, muchas personas han comprado estos chalés sobre plano y su contrato dice que se pueden mudar el mes que viene. Lo he organizado para que los constructores trabajen los siete días de la semana para poder recuperar el tiempo perdido, pero el capataz se ha largado de pronto, ha abandonado el puesto, porque quiere más sueldo. Ahora el resto de los hombres se han marchado también, con exigencias similares. Es un caso claro de chantaje. Debería decirles a todos que se larguen y buscarme otra cuadrilla, pero eso lleva tiempo y, si lo hiciera, no entregaríamos los chalés a tiempo. A lo mejor a muchos hombres de negocios no les importaría eso, pero a mí sí. Mi palabra es sagrada, y yo les di mi palabra.

En ese momento Emily se sintió orgullosa de él, y un poco más confiada con la idea de que su matrimonio podría funcionar.

–Entonces debes irte –le urgió ella–. Pero, por favor... vuelve lo antes posible.

–Es mi intención –respondió él mientras le dedicaba una sonrisa muy sexy.

A ella le dio un vuelco el corazón.

–¿Y, cuando llegues a casa, tendrás que marcharte otra vez?

–Más o menos.

–Ah...

–¿Y ese «ah» significa lo que yo creo que significa?

–¿Qué crees que significa?

Él sonrió.

–No te preocupes, haré lo posible para aprovechar el ratito que estemos a solas.

–¿Solo un ratito?

–A veces los ratitos pueden ser muy intensos.

Emily se puso colorada.

Sebastian la miró y negó con la cabeza.

–Vamos, Emily, a veces te gusta también hacerlo deprisa, así que no finjas lo contrario. No quiero que no seas sincera conmigo, Emily. Me gusta la mujer capaz y tranquila que dirige mi casa; pero también la mujer apasionada en la que te conviertes entre mis brazos. No habrá sitio ni para inhibiciones ni para vergüenzas en nuestra vida sexual. ¿Está claro?

–Sí –dijo ella, que en el fondo estaba encantada con sus palabras.

–¿Y dime, hay algo que quieras decirme sobre nuestra vida sexual? ¿Algo que te guste, o que no te guste?

En realidad no había nada que no le hubiera gustado hacer con él. Había algo, sin embargo, que iba a molestarla; y mucho.

–¿Te importaría mucho si comprara una cama nueva para tu dormitorio? Estoy segura de que la que tienes apestará al perfume de Lana.

–Cama nueva, alfombra nueva, todo nuevo si tú quieres. Compra lo que tengas que comprar.

–¡Pero no puedo hacerlo todo en un día! –protestó ella.

–Supongo que no. Pero no te preocupes. Usaremos una de las habitaciones de invitados hasta que esté todo terminado.

–¿Una de las habitaciones de invitados? –repitió ella algo asombrada.

–No esperarás que me acueste contigo en esa cama que tienes tan estrecha, ¿verdad?

–No...

–Ni que tenga la intención de confinar nuestra vida sexual a las camas o a los dormitorios.

Emily volvió la cabeza al sentir algo por dentro, y se dijo que tenía que cambiar de conversación y dejar de pensar en el sexo.

–Creo que mañana iré a la peluquería –dijo de pronto–. Quiero cortarme un poco el pelo y aclarármelo.

Él la miró.

–¿Quieres decir que cuando vuelva me encontraré con una elegante rubia?

–Lo de elegante, no lo sé...

–Podrías serlo si quisieras.

–Tendré que cambiar mi aspecto antes de casarme contigo, Sebastian.

–En realidad me gustas tal y como estás, Emily. Pero conozco a las mujeres. Su autoestima está irrevocablemente ligada a su aspecto físico. Cuando vuelva, te daré una tarjeta de crédito para que puedas salir a comprarte ropa también.

Emily frunció el ceño.

–Tengo mi dinero, Sebastian. Apenas me he gastado nada en mí misma desde que empecé a trabajar contigo.

–Tengo que confesar que me gusta que no te cases conmigo por dinero. Pero seamos sinceros; como prometida mía y futura esposa, vendrás conmigo a muchos sitios. Las otras mujeres creerán que soy un tacaño si mi esposa no va vestida a la última. Así que sígueme la corriente y deja que te pague la ropa, y cualquier otra cosa que necesites.

Emily suspiró.

–No creo que haya reflexionado totalmente sobre todo lo que implica casarse contigo; porque parece complicado ser la esposa de un magnate.

–Te las arreglarás.

¿Se las arreglaría?

De pronto Emily deseó que su madre estuviera viva. Necesitaba hablar con alguien; alguien que la quisiera.

Era horroroso pensar que no tenía nadie en quien confiar. No tenía amigas, ni familiares; no estaba unida a ninguna de sus tías o tíos, tal vez porque ninguno de ellos vivía en Sídney. Todos sus abuelos se habían muerto, ya que sus padres se habían casado mayores, y solo la habían tenido a ella.

Antes de enterarse de la horrible verdad, tal vez le habría preguntado a su padre lo que opinaba de que ella se casara con un hombre rico que no la amaba. En el pasado, ella le había tenido por un hombre maravilloso; un hombre compasivo y cuidadoso que había escogido la profesión de médico porque su vocación era la de ayudar a las personas.

Su madre había creído lo mismo que ella; y por eso Emily se alegraba de que su madre nunca hubiera tenido que saber la verdad del hombre con quien se había casado.

—Te has quedado muy callada de pronto, ¿no? —dijo Sebastian—. ¿Estás cansada?

—Totalmente agotada —respondió ella—. Tú también debes de estarlo.

—Lo estaba, hasta que has accedido a casarte conmigo. Ahora siento como si pudiera conquistar el mundo; y de paso espero convencer al capataz para que vuelva al trabajo —añadió con pesar.

—¿Y qué vas a hacer?

—No puedo permitirme entrar en discusiones prolongadas con él. Le haré una oferta que no podrá rechazar.

Emily se miró el anillo y se preguntó si había sido eso para ella; algo que no había podido rechazar.

—Me aseguraré de estar de vuelta en casa mañana por la noche —dijo Sebastian—. Y te llevaré a algún sitio para celebrar nuestro compromiso.

—No seas tonto; estarás demasiado cansado. Yo prepararé algo rico en casa.

Sebastian negó con la cabeza.

—Agradezco tu consideración, pero no. Saldremos a cenar. Así que duerme bien esta noche, ve mañana de compras y cómprate algo muy, muy sexy.

A Emily le hervía la sangre de la emoción, de la anticipación. Estaba allí sentada, haciendo planes mentalmente para el día siguiente, cuando Sebastian se inclinó hacia ella y le tocó suavemente en el brazo.

–¿Sí? –se volvió a mirarlo.

Él sonrió antes de fijar la atención e la carretera.

–¿Ahora que estamos prometidos, te importaría contarme por qué discutiste con tu padre? No tienes por qué hacerlo, pero siento curiosidad. No pareces de las que tenga disputas familiares.

Emily suspiró.

–En realidad, estaba pensando en él hace unos minutos.

–¿Cuando te has quedado callada?

–Sí.

–¿Y qué hizo, Emily?

–Se lió con una colega; antes de que mi madre falleciera. Fue con la doctora Barbra Saxby una rubia muy guapa que podría haber sido su hija. Se suponía que yo no me iba a enterar. Pero después del funeral, me quedé en casa porque no estaba lista para volver al trabajo; estaba demasiado deprimida. Pareció como si papá me estuviera haciendo un favor, pero luego me di cuenta que en realidad se lo estaba haciendo yo a él, cocinando y limpiando para él... Un día que salí de compras los vi comiendo juntos en un restaurante; y no me hizo falta fijarme mucho para saber que no era una comida de negocios.

Emily aún no era capaz de pensar en ese momento sin revivir el shock, y la tristeza, que había sentido al ver a esa mujer encima de su padre. Después de todo, solo habían pasado unas cuantas semanas de la muerte de su madre.

–¿Y qué hiciste? –preguntó Sebastian.

–Esa noche me enfrenté a mi padre y le dije lo que había visto. Primero me dijo que no había habido nada entre ellos antes de la muerte de mamá, pero yo sabía que estaba mintiendo. Al final le saqué la verdad. Se vino abajo, diciendo que había necesitado el consuelo de una mujer. Dijo que seguía amando a mamá y que siempre la amaría. Pero que la vida seguía, y que no podía pasar el resto de sus días solo. Dijo que iba a casarse con Barbra, y nada más.

—Entiendo —dijo Sebastian—. Imagino que estarías muy disgustada.

—Eso es decir poco. Todos los vecinos debieron oír los gritos. Perdí totalmente el control, te lo aseguro. Esa noche, hice las maletas y se mudé. Me quedé en un hostal económico y empecé a buscar trabajo. No me apetecía volver al sector de la hostelería. No me apetecía ser alegre y amable con todo el mundo en ese momento. Cuando la agencia de empleo me sugirió una posición como la de ama de llaves en tu casa, aproveché de inmediato.

Sebastian asintió.

—Ahora ya sé por qué a veces parecías tan triste, sobre todo cuando empezaste trabajar conmigo. También entiendo ahora por qué no confías demasiado en los hombres. Primero lo tu novio, y luego lo de tu padre. Sabes, yo trataba de averiguar más cosas de ti cuando de vez en cuando te tomabas algo conmigo, pero siempre desviabas la conversación y nunca hablabas de nada personal.

—¿De verdad? No lo hacía a propósito. Debió de ser inconscientemente.

—A nadie le gusta hablar de las cosas que le duelen.

—Lo dices como si a ti también te pasara lo mismo.

—¿A quién, a mí? No, no. Solo hablaba en general.

Emily no lo creyó. Había algo que Sebastian le estaba ocultando; algo en su pasado que le había hecho daño.

—¿Y tus padres, qué? —le preguntó, sintiendo que tenía también derecho a saber cosas.

–¿Qué pasa con mis padres?

–¿Están vivos? Porque si lo están, nunca vienen a visitarte.

–Murieron en un accidente de coche cuando yo tenía once años.

–¡Ay, Sebastian, qué horror! Debiste de quedarte traumatizado.

–No fue una experiencia agradable; pero la superé.

Emily lo miró con extrañeza. Qué típico de los hombres despreciar con unas pocas palabras una tragedia de tal magnitud.

–Me fui a vivir con mi abuela –continuó antes de que ella le preguntara nada más–. Ella era una mujer maravillosa. Tú me recuerdas mucho a ella, ¿sabes?

–¿A tu abuela? ¡Vaya, muchas gracias!

Él se echó a reír.

–Físicamente, no; solo en lo tranquila que eres.

–No dejas de decir que soy tranquila; pero no soy así siempre. Aprendí a comportarme cuando trabajé en la recepción del Regency. En ese tipo de trabajos a veces uno se topa con situaciones difíciles, te lo aseguro. Y por supuesto tenía que dominar mis emociones cuando estuve cuidando de mi madre. No le habría servido de mucha ayuda si yo hubiera estado con ella llorando todo el tiempo; aunque eso fuera lo que más me apetecía hacer.

–No es algo tan malo; quiero decir, el aprender a controlar nuestras emociones.

–Supongo que no. Imagino que tu abuela se habrá muerto, ¿no?

–Desgraciadamente, sí. Justo antes de que yo ganara mi primer millón. Me habría encantado comprarle el mundo entero; aunque seguramente a ella no le habría hecho tanta ilusión –añadió Sebastian en tono risueño–. A mi abuela los bienes materiales no le importaban demasiado.

–No son el fin de todo en la vida –dijo Emily.

–Tal vez no. Pero cuando eres tan pobre como lo he sido yo, Emily, no piensas lo mismo del dinero. La gente como yo o bien acaba en el arroyo, o bien alcanza el éxito.

–Tú desde luego has alcanzado el éxito. Pero llega un momento, Sebastian, cuando uno ya tiene suficiente. Tal vez deberías bajar un poco el ritmo.

–Es mi intención. Contigo, y con nuestros hijos.

–¿Nuestros hijos? ¿Quieres decir que quieres tener más de uno?

–Por supuesto. Si voy a ser padre, no quiero tener solo uno. Es demasiado duro para el niño. Lo cual me recuerda un cosa, que ahora que nos vamos a casar, ¿crees que podríamos dejar los preservativos? ¿O voy demasiado deprisa para ti?

Emily sacudió la cabeza con sorpresa.

–¿Siempre eres tan decidido?

–Bastante. Pero también debería decirte que me he quedado sin preservativos y que no tenemos tiempo para pararnos a comprar más.

–¡Eso es chantaje!

–No –respondió él con una sonrisa sensual–. Es una negociación. ¿Entonces a toda máquina en el proyecto del bebé?

–¡Nunca me dejas rechazar nada!

–Vamos, quieres decir que sí. Sabes que sí.

Ella cerró los ojos y suspiró.

–Muy bien. Sí...

Capítulo 14

¡CARAMBA! –exclamó el peluquero cuando terminó su trabajo–. Toma. Mírate por detrás –sostuvo un espejo para que Emily se viera la parte de atrás de su nuevo peinado.

–Ay, sí, me encanta –respondió ella muy contenta–. Has hecho un trabajo estupendo, Ty. Muchísimas gracias.

–Sabes, cariño, esta mañana cuando viniste y me pediste que te cortara el pelo y te lo tiñera de rubio, no estaba seguro... Pero tú tenías razón; te queda de maravilla.

Era cierto, le quedaba de maravilla. Y le hacía un cuello muy elegante. Ciertamente, parecía diez años más joven; y era un estilo muy de moda.

Lo cual le recordó que todo su vestuario estaba pasado de moda; y que Sebastian le había pedido que se comprara algo muy sexy para esa noche.

–Ahora me voy de tiendas –dijo alegremente mientras se echaba el bolso al hombro y levantaba–. Necesito ropa nueva que vaya con mi corte de pelo.

–Y con tu nuevo status –dijo Ty mientras echaba una mirada significativa a su anillo de camino a la caja.

–Ah, te has dado cuenta –dijo Emily, verdaderamente sorprendida.

Solo había ido a esa peluquería dos veces con anterioridad; una vez para cortarse un poco las puntas, y la semana anterior para ir a la entrevista.

Pero, por supuesto, las peluqueras eran personas muy observadoras; sobre todo los peluqueros gay, como lo era Ty.

–Es difícil no fijarse en un pedrusco como ese, cariño. Parece que has pillado un buen partido.

–Es mi jefe.

–¿El que pensabas dejar la semana pasada?

Emily se dio cuenta de que la semana pasada debía de haber charlado más de la cuenta en la peluquería; solía hacerlo cuando se ponía nerviosa.

–Sí, el mismo –reconoció ella.

Ty arqueó las cejas.

–¿El magnate de la telefonía móvil?

Emily hizo una mueca. ¿Qué sería lo que no le había contado?

Asintió mientras le pasaba una tarjeta de crédito.

–Ah –Ty frunció los labios–. Chica lista.

–No me caso con él por su dinero, Ty.

En los ojos del peluquero había un brillo de complicidad.

–Pues claro que no. Bueno, cuando te haga el peinado para la boda, no te olvides de hablarle de este salón a todo el mundo.

Emily se echó a reír.

–Eres un oportunista.

–Me reconocerás porque tú también lo eres, ¿no? Ahora, firma aquí, por favor –dijo mientras dejaba el ticket en el mostrador.

¿Una oportunista? Emily pensó en esa posible descripción de sí misma mientras abandonaba el salón de peluquería. ¿Habría pensado lo mismo de ella la señora de la limpieza esa mañana cuando le había dado la noticia de su compromiso con Sebastian?

Julie no había dicho mucho, pero la había mirado como Ty.

Emily suponía que podría haber muchas personas

que pensaran lo mismo. No sería la primera ama de llaves que cazaba a un jefe rico para convertirse en su esposa; al igual que hacían algunas secretarias, ya que en ambos casos las mujeres tenían la oportunidad de utilizar la proximidad con el jefe como puente hacia una mayor intimidad.

Pero Emily razonó que las personas que la conocían no pensarían eso de ella. Aunque, en realidad, ninguno de los empleados o amigos de Sebastian la conocía bien.

Ninguno de ellos.

Lo único que conocían de ella era la imagen de ama de llaves, la del cabello castaño y la ropa y los modales discretos.

Si de pronto aparecía del brazo de Sebastian, toda elegante, seguramente pensarían que era una cazafortunas. Al mismo tiempo, no podía casarse con Sebastian hecha una adefesio.

El sonido del móvil la sacó de su ensimismamiento, y Emily metió la mano en el bolso para sacar el teléfono. Tenía que ser Sebastian, seguramente para decirle cuándo llegaría a casa. La había llamado la noche anterior cuando se había bajado del avión, y también esa mañana, insistiéndole para que se llevara el móvil cuando saliera.

—¿Sí? —dijo con el corazón acelerado.

—¿Dónde estás?

Era Sebastian.

—¿En Birkenhead Point?

—¿Comprándote un vestido nuevo?

—Un ropero entero nuevo.

—¿En un día? Dudo que te dé tiempo.

—Seguramente tendrás razón. Acabo de pasarme toda la mañana en la peluquería.

—¿Y qué tal?

—Creo que te gustará.

–¿Llamaste a la agencia de trabajo temporal para decirles que no ibas a aceptar el trabajo?

–Sí, pero no les ha hecho mucha gracia.

–Se les pasará.

–¿Qué tal van las cosas por allí? –le preguntó ella.

–Ya he convencido al capataz para que vuelva al trabajo, por más dinero. Pero no me quiero marchar prematuramente. Voy a hablar con todos los demás obreros esa tarde para ofrecerles también más dinero si terminan el trabajo a tiempo. No quiero tener que volver aquí la semana que viene, cuando las cosas se tuerzan de nuevo. Lo cual podría pasar si el cretino del capataz abre la boca y empieza a hablar de sus beneficios extra.

A Emily se le fue el alma a los pies.

–¿Quieres decir con eso que no volverás esta noche a casa?

–¿Estás de broma? Nada podría retenerme aquí. Lo único que no puedo garantizar es la hora de llegada de mi vuelo. De momento he reservado en uno que me dejará en casa sobre las ocho. Pero hay otro antes, y si puedo tomar ese, lo haré. Aunque lo dudo.

–No pasa nada, con tal de que llegues esta noche. ¿Quieres que reserve en algún sitio para cenar?

–No. Eso es cosa mía, y puedo hacerlo perfectamente desde aquí. Ahora cómprate ese vestido nuevo y si ves una cama que te guste, cómprala también. Por supuesto, lo pagaré yo todo.

–Preferiría que estuvieras conmigo para comprar la cama. Dijiste que podía cambiar la habitación entera, ¿recuerdas? No querría escoger algo que luego no te guste.

–Está bien. Será mejor que me vaya.

–Sebastian...

–¿Sí?

Te quiero. Estuvo a punto de decírselo, pero se lo pensó mejor.

–Te echo de menos –dijo Emily.

–Y yo también. Por eso estoy haciendo todo lo posible para dejar esto arreglado hoy.

–Llámame si se tuercen las cosas y no puedes venir.

–Eso no pasará. Que tengas un buen día, y no escatimes con tus compras.

No escatimó; y al final tuvo que hacer dos viajes al coche con todos los paquetes que llevaba. Se compró más ropa y accesorios esa tarde de los que se había comprado en los últimos cinco años. Afortunadamente, tenía dinero en la tarjeta. Pero se lo gastó casi todo en una variedad de conjuntos, tanto informales, como elegantes. No se compró nada en colores apagados. Todo era de colores vibrantes y vistosos, a juego con su nuevo cabello rubio.

Había mucho tráfico cuando Emily regresaba a casa, ya que era la hora punta. A pesar de no vivir demasiado lejos del centro comercial de Birkenhead Point, eran más de las seis cuando llegó a casa. El sol se estaba poniendo y las sombras de los árboles crecían sobre los muros de piedra.

Emily aparcó el coche fuera del garaje y se puso a subir los paquetes a su apartamento. Cuando los tuvo todos arriba, extendió todo sobre la cama, juntando los accesorios con cada conjunto.

El vestido que se pondría esa noche era exquisito. Confeccionado en seda turquesa, era una prenda cruzada con un pronunciado escote de pico, manga francesa y un fajín ancho de abalorios. Lo había visto en el escaparate de una boutique y se había enamorado instantáneamente. También había comprado los accesorios, que incluían unas sandalias turquesas y un bolso de vestir, también con abalorios. Para completar el conjunto, se había llevado unos pendientes largos de cristal de roca y turquesas que le llegaban casi hasta los hombros y le hacían el cuello más largo de lo que ya lo tenía.

Emily estaba deseando ponérselo todo de nuevo. Pero se dijo que mejor se ducharía primero y se retocaría un poco en maquillaje. ¿Quién sabía? Tal vez Sebastian llegara a casa a las siete, y ya eran pasadas las seis.

A las siete menos veinte estaba lista, y encantada con su nuevo aspecto. El turquesa conjuntaba maravillosamente bien con el pelo rubio.

—Esa mujer no puede estar fuera de lugar del brazo de Sebastian —le dijo al reflejo del espejo.

Como no podía quedarse a esperar pacientemente en su apartamento, Emily decidió ir a la casa grande para esperar allí a Sebastian. Tal vez podría ir a su dormitorio a pasar el tiempo, y pensar en el tipo de muebles y en la alfombra que mejor le irían. Esperaba poder convencer a Sebastian para que al día siguiente se tomara el día libre. Así podrían empezar a retirar el perfume de Lana del dormitorio de Sebastian, por no mencionar cualquier resto de su presencia.

Sebastian seguramente no se habría dado cuenta, pero todavía había algunas cosas de Lana en su dormitorio. También quedaban algunos cosméticos en el tocador, además de medio bote de aquel horrible perfume.

Emily no se había atrevido a tirarlo antes, pero esa noche lo haría.

Con el bolso de vestir y las llaves en la mano, Emily cerró la puerta con llave y se volvió hacia las escaleras cuando de pronto notó que había luz en el dormitorio de Sebastian.

Emocionada pensó que debía de haber llegado a casa, y echó a correr escaleras abajo.

—¡Sebastian! —gritó al entrar en el vestíbulo de la casa grande.

Silencio.

A lo mejor se había metido en la ducha y no la oía. Emily corrió escaleras arriba, pensando en que era típico de un hombre no llamarla desde el aeropuerto para decirle que había tomado un vuelo anterior. Aunque a lo mejor no había querido entretenerse y se había metido en el primer taxi que había encontrado.

En el pasillo de arriba, no oyó el ruido de la ducha. Claro que las paredes de su casa eran extremadamente gruesas, nada que ver con las de las casas modernas; y era difícil oír nada de una habitación a otra.

La puerta de su dormitorio estaba ligeramente entreabierta. Emily se paró delante y llamó con los nudillos, llamándolo al mismo tiempo por su nombre.

No hubo respuesta.

A Emily se le aceleró el pulso mientras empujaba la puerta, y se le encogió el estómago cuando le llegó el odioso perfume. Era muy fuerte, demasiado fuerte.

Lana estaba tumbada en la cama, durmiendo, y solo llevaba puesta una bata esmeralda. Su melena rizada se extendía sobre la almohada, y la bata estaba entreabierta en los lugares adecuados.

Estaba claro que esa mujer tenía todavía las llaves de la casa de Sebastian; y también que había dejado a su marido italiano y se había vuelto a Australia, de vuelta a los brazos de su verdadero amor.

A Emily le entraron náuseas y notó que le subía algo por la garganta. De todo lo que se había imaginado que podría ocurrir si se arriesgaba a tener algo con Sebastian, eso no se le había pasado por la imaginación. Había pensado, o más bien supuesto, que Lana había salido de sus vidas para siempre.

Como si sintiera su presencia allí, Lana se despertó asustada; entonces se sentó en la cama de un golpe y abrió mucho los ojos mientras miraba a Emily, visiblemente confusa.

–¿Quién demonios eres tú? –le preguntó mientras se ponía de pie–. Ay, no me digas que Sebastian se ha echado una ramera nueva.

Tal vez Emily sintiera náuseas, pero no iba a mostrarse azorada delante de la ex novia de Sebastian.

—¿No me reconoces, Lana? —le dijo con aparente calma—. Soy Emily.

—¡Emily! ¿Santo cielo, pero qué te has hecho? ¿Un maquillaje al completo?

—No. Solo me he arreglado el pelo y me he comprado algo de ropa nueva.

—Sin duda para tratar de captar la atención de Sebastian —dijo Lana en tono burlón mientras se levantaba para atarse de nuevo la bata—. Siempre supe que estabas loca por él... Pues estás perdiendo el tiempo, cariño. He vuelto, y Sebastian sigue siendo todo mío.

—No del todo —dijo Emily con tranquilidad mientras sacaba la mano izquierda, donde el diamante lanzó un destello a la luz de la lámpara.

Lana le miró la mano y luego la miró a la cara.

—¿Quieres decir que estáis prometidos?

—Sí.

—¿Desde cuándo?

—Desde ayer.

—Vaya, hay que ver lo rápida que eres, ¿no?

—Llevas fuera más de un mes, Lana —señaló Emily.

Lana se echó a reír.

—La mayor parte del cual Sebastian se la pasó enviándome mensajes de texto rogándome que volviera.

Emily no lo creía; le extrañaba que Sebastian fuera rogándole a nadie.

—Al final vino a buscarme a Milán.

—Eso lo sé, Lana —dijo Emily con tranquilidad—. Para terminar contigo de una vez por todas.

—¿De verdad? Imagino entonces que no te diría que se acostó conmigo; menos de media hora antes de entrar yo en la iglesia. Llevaba mi vestido de novia en ese momento.

Emily se quedó pálida.

–Tu prometido tiene una obsesión sexual conmigo. La ha tenido desde el día en que nos conocimos y se lo hice en el asiento trasero de la limusina. Le encanta que le haga perder el control y llevarle a hacer cosas que normalmente no haría. Se puso como loco porque me casaba con otro hombre. Que era exactamente lo que yo planeaba. Jamás tuve la intención de quedarme con ese viejo gordo y aburrido. Solo quería que Seb sufriera un poco por no haberse casado él conmigo. Yo creo que solo te pidió que te casaras con él para castigarme; se trata de una venganza. Ahora que he vuelto, te dejará en un segundo. Porque él solo me quiere a mí. No a ti, señorita carámbano. A lo mejor eres capaz de preparar una bonita mesa para cenar, pero soy yo quien le dejo hacérmelo encima.

–En ese caso, tendré que comprar también una mesa de comedor nueva –dijo Emily, empeñada en que esa mujer no la destruyera.

Al menos delante de ella.

–¿Además de qué? –soltó la otra.

–Además de los muebles del dormitorio. No quiero nada en casa que me recuerde a ti.

Lana se echó a reír.

–Entonces vas a tener que deshacerte de toda la casa. Porque lo hemos hecho en todas partes. Incluso en el garaje. Apostaría a que jamás le permitirías que te lo hiciera ahí, señorita repipi.

Emily apretó los dientes con fuerza.

–Entonces estarías muy equivocada, señorita cara de golfa.

Sintió satisfacción por plantarle cara a Lana. Pero aquel encuentro no le provocaba alegría alguna; porque ya sentía un extraño vacío en el estómago.

–¿Sabe Sebastian que estás aquí? –le preguntó, sin saber qué haría si decía que sí.

–No, no lo sabe –soltó Sebastian.

Cuando Emily se dio la vuelta y vio a Sebastian entrando en la habitación, empezaron a temblarle las piernas. Lana corrió hacia él y se echó a llorar.

—Oh, Seb, me alegro tanto de que estés en casa —sollozó mientras se echaba a sus brazos.

Horrorizada, Emily observó cómo Lana le echaba los brazos al cuello y pegaba su cuerpo medio desnudo al de Sebastian.

—No sabía dónde ir —gritó Lana—. Alfonso no me quería. Solo se casó conmigo para ocultarle a su familia su homosexualidad. Se pasó nuestra noche de bodas con su amante.

¡Qué actuación!, pensaba Emily asqueada. ¡Y qué historia!

Si hubiera sido un hombre violento, habría utilizado la violencia en ese momento. Cuando miró por encima del hombro de Lana a su encantadora Emily, que estaba más preciosa que nunca, vio la tensión y el asco en su mirada.

No había oído del todo su conversación, pero sospechaba que Lana debía de haberle dicho algo que a Emily la había molestado mucho.

Con brusquedad, Sebastian se quitó las manos de Lana de encima y la empujó. Entonces se acercó a Emily y le rodeó la cintura con el brazo para atraerla a su lado.

—Lo siento, Lana —le dijo en tono frío—, pero tus problemas maritales no son asunto mío. No eres bienvenida en mi casa. Y, por si Emily no te lo ha dicho, estamos prometidos.

Lana tardó un momento en recomponerse, y los observó con mirada calculadora.

—Sí, me lo ha dicho. Estaba deseando hacerlo. Pero tú no la amas, Seb; me amas a mí.

–Sé que no te amo –dijo con una risotada seca–. Nunca te he amado, Lana. Lo nuestro no fue más que un capricho sexual, y se me ha pasado completamente. Me he olvidado de ti.

–¿De verdad? Pues la semana pasada no se te había pasado aún –le soltó–. Estabas muy, pero que muy encaprichado conmigo. Oh, sí, le conté a tu querida señorita remilgada todo lo que me hiciste.

–Estoy seguro de que estabas deseando contárselo –soltó él, detestando la tensión que notó en Emily–. Al igual que yo estoy deseando que salgas de mi casa.

Sacó su teléfono móvil del pantalón y pidió un taxi. No le costó pedir lo que quería, ya que la compañía de taxis sabía que era un cliente muy bueno.

–Dentro de diez minutos tendrás un taxi en la calle –le dijo a Lana, que estaba que echaba humo–. No le hagas esperar.

–¡No me puedes hacer esto! –gritó–. Te denunciaré, asqueroso. Te llevaré a juicio para que me pases una pensión.

–Si lo haces, vas a perder, condesa. Nada más casarte, perdiste cualquier oportunidad de sacarme ni un centavo. Ahora, vístete. Tus diez minutos ya están corriendo. Vamos, Emily, el olor en esta habitación es insoportable.

Sebastian la sacó de la habitación, pero sintió la resistencia en su cuerpo.

–No dejes que Lana nos lo estropee todo, Emily –le dijo mientras la conducía por el pasillo.

–Te acostaste con ella –respondió Emily en tono rotundo e incrédulo–. Estaba vestida de novia.

–Mira, no terminé. Lo dejé en cuanto me di cuenta de lo que estaba haciendo. Por eso bebí tanto en el vuelo de vuelta a casa. Porque estaba completamente asqueado conmigo mismo por permitir que esa fulana estuviera a punto de seducirme. Confía en mí cuando te digo que ya no la quiero. Es a ti a quien deseo, Emily. Tienes que creerme.

Emily se detuvo en el rellano de la escalera y lo miró con gesto dolido.

–No, Sebastian –dijo en tono vacío y sentido–. No tengo que creerte.

Entonces se soltó de él y corrió escaleras abajo. Sebastian fue tras de ella, movido por el miedo que le atenazaba las entrañas.

–¿Qué vas a hacer? –le gritó.

Ella no respondió, tan solo corrió más deprisa.

Él la alcanzó en la puerta de atrás, le agarró del brazo y le dio la vuelta para que lo mirara.

–No puedes huir de mí así. Tenemos que hablarlo.

Ella negó con la cabeza; estaba pálida pero en su mirada había determinación.

–No hay nada de qué hablar. No puedo casarme contigo, Sebastian. Ni vivir contigo en esta casa.

–¡Pero si te encanta esta casa!

–Ya no.

–¿Por qué no? ¿Maldita sea, Emily, qué es lo que te ha dicho Lana?

–No importa.

–Pero a mí sí. Dímelo.

–Muy bien. Me ha dicho que lo habéis hecho por toda la casa; incluso en el garaje.

Sebastian hizo una mueca de asco. ¡Qué demonios!

–Compraré otra casa –dijo directamente.

Ella negó con la cabeza, tristemente.

–Oh, Sebastian. No puedes arreglar este problema con dinero. El caso es que yo...

–¿Qué?

Ella negó con la cabeza, visiblemente angustiada.

–Me doy cuenta de que no puedo casarme sin amor. Lo siento, Sebastian; lo siento mucho, pero he tomado una decisión y esta vez no conseguirás hacerme cambiar de opinión. Me marcharé en cuanto recoja todas mis cosas. No te preocupes por la indemnización por despido; renunciaré a ello por no haberte dado las dos semanas de aviso.

–¡No te atrevas a devolverme el maldito anillo! –le soltó Sebastian cuando vio que ella empezaba a quitárselo.

–De acuerdo –respondió ella en ese tono tranquilo que tanto solía gustarle a él, pero que en ese momento le estaba volviendo loco–. No te lo devolveré.

Sebastian frunció el ceño y se quedó boquiabierto cuando ella fue hasta la piscina y lo tiró al agua. Como gesto era tanto dramático como concluyente. Sebastian la observó que se alejaba con la cabeza bien alta.

Por una parte, quería ir detrás de ella y tomarla entre sus brazos, pero por otra sabía que la técnica de cavernícola no funcionaría. Esa vez no.

Así que se dio la vuelta para enfrentarse a Lana por última vez antes de que se marchara. Llegó a las escaleras justo cuando ella bajaba con unas maletas en la mano.

–Tú sabías que el conde era gay cuando te casaste con él, ¿no?

–Por supuesto –le soltó ella.

–Te pagó para que te casaras con él.

–Vaya, vaya, Sherlock Holmes y tú harías buena pareja; pero la señorita repipi y tú, no. ¿Y sabes por qué no, Sebastian? Porque está enamorada de ti.

–¿Cómo? Y te lo ha dicho a ti, ¿no?

–No con esas palabras. Pero siempre he sabido que Emily estaba enamorada de ti. Las mujeres sentimos estas cosas en otras mujeres. Por eso no podía soportarla.

–Estás equivocada –dijo él, pensando que si Emily lo amara no se marcharía.

Lana se echó a reír.

–¿Por qué no te puede amar, Sebastian? Pero no te lo pregunto porque no lo sepa. No quieres el amor de una mujer, ¿verdad? Solo quieres su cuerpo. Y, en el caso de Emily, su destreza para dirigir la casa sin contratiempos. La muy boba va a pasarlo mal si se casa contigo. Y tú, que eres un canalla, un hombre frío e interesado, en cuanto te aburras de la sosa y aburrida de tu novia vendrás a buscarme. ¿Y sabes qué, cariño? No te rechazaré. Pero la próxima vez, tendré un precio.

–Las rameras siempre lo tienen, Lana. Pero tengo que darte una noticia. No sé si Emily me ama o no, pero yo sé que la amo, más de lo que habría creído posible amar a nadie. Emily no es el juguete de ningún hombre. Ni es sosa o aburrida. Es una mujer cariñosa, inteligente y sexy. Oh, sí, es muy sexy, de un modo que tú jamás soñarías ser. ¡Ahora sal de aquí o lo sentirás!

–Eres tú quien va a sentirlo –lo amenazó con la cara sofocada.

–Déjame en paz, ¿quieres? –dijo Sebastian con desprecio mientras abría la puerta de la casa–. Vuelve a Milán, donde puedes ser lo que siempre has sido: una mujer vanidosa y superficial.

Lana resopló muy enfadada, y salió de allí echando humo.

Sebastian cerró la puerta de golpe, se dio la vuelta y se dirigió a la cocina muy pensativo. ¿Sería posible que Emily lo amara?

Apenas se atrevía a creerlo. Él no era digno de su amor.

Lana tenía razón. Hasta hacía poco, había sido un canalla, un tipo frío e interesado.

Sin embargo, tenía que averiguarlo. Tenía que conseguir que Emily lo mirara a los ojos y le dijera que no lo amaba.

Capítulo 15

CUANDO se oyeron unos golpecitos a la puerta, Emily gimió exasperada. Estaba recogiendo sus cosas lo más rápidamente posible, sabiendo muy bien que Sebastian no la dejaría marcharse así como así.

Las dos maletas con las que había llagado hacía dieciocho meses estaban llenas, y la ropa que se había comprado ese día estaba guardada otra vez en las bolsas de plástico. En cinco o diez minutos habría podido salir de allí.

Emily se preparó para más argumentos estilo Sebastian, y fue a abrir la puerta.

—Por favor, no empieces otra vez —le dijo nada más verlo—. Me marcho en un rato y no hay más que hablar.

—¿Me amas?

La inesperada pregunta la pilló de sorpresa.

—Lana me dijo que sí —continuó Sebastian, buscando su mirada.

Emily sabía que confesar su amor por él sería su perdición. Un rato antes había estado a punto de reconocerlo, pero se había contenido justo a tiempo.

—¿Y qué sabrá ella? —le respondió Emily.

—Esa no es una respuesta, Emily. Quiero oírte decir que no me quieres. Porque yo te quiero a ti.

La sorpresa ante aquella inesperada afirmación dio rápidamente paso a la furia.

El ruido de su bofetada resonó en la noche.

Sebastian maldijo mientras se tambaleaba hacia

atrás en el pequeño rellano y se llevaba la mano a la mejilla caliente, con los ojos muy abiertos.

–Decirle a una mujer que se la ama cuando no es verdad es más de lo que nadie podría soportar –gritó Emily con los ojos llenos de lágrimas–. ¡Sal de aquí! –gritó mientras lo empujaba en el pecho con violencia–. ¡Vete de mi vista!

Él le agarró de las manos y la zarandeó.

–Es cierto, Emily. Te amo.

–No te creo –sollozó ella–. Solo lo dices para conseguir lo que quieres.

–Estás equivocada –respondió él mientras negaba con la cabeza–. Si lo piensas bien, no es algo que yo diría si no lo sintiera.

Emily gimió con desesperación; porque, contrariamente a lo que decía él, ella estaba segura de que lo diría si fuera necesario.

–Estás disgustada, Emily, y no puedes pensar a derechas. Mira, Lana se ha ido. ¿Por qué no vienes conmigo a casa y te sirvo un brandy? Necesitas calmarte; estás muy nerviosa.

Primero mentiras, y ahora amabilidad. Después empezaría a besarle la mano, y ella no sabría ya ni dónde estaba.

¡Pero ya no pensaba caer en eso nunca más!

–No quiero ir a tu casa a tomar un brandy –dijo mientras se atragantaba con las lágrimas que le rodaban por las mejillas–. Quiero salir de aquí, y alejarme de ti.

Sebastian vio la verdad en su expresión, oyó la verdad en su voz. Lana tenía razón. Ella estaba enamorada de él, lo amaba. Si no lo amara, no se pondría así.

–Y quiero que me quites las manos de encima –continuó rabiosa sin dejar de llorar.

Sebastian hizo una mueca de pesar mientras trataba

de hacer lo correcto. Su primer impulso fue el de estrecharla entre sus brazos para demostrarle cuánto la amaba; pero se daba cuenta de que eso podría ser muy negativo para él.

–De acuerdo –murmuró mientras le quitaba las manos de los hombros–. Pero no creo que debas irte a ningún sitio esta noche, Emily. Estás demasiado nerviosa para conducir.

–No te atrevas a decirme lo que puedo y no puedo hacer. Soy adulta y sé exactamente lo que soy capaz de hacer. Y sé también de lo que tú eres capaz, Sebastian. Practicaste el sexo con ella con el vestido de novia puesto.

Sebastian hizo una mueca. Si pudiera retroceder en el tiempo, no habría ido a Milán la semana anterior. Pero su amor propio le había empujado a hacerlo.

Lana había sido la primera mujer que había roto con él, y sencillamente no había podido soportarlo. Y no porque la amara, sino porque había pensado que era de su propiedad. Ella le había herido en su orgullo al dejarlo por otro hombre.

Emily no lo dejaba por otro hombre. Lo dejaba y punto.

Pero tenía que encontrar el modo de llevar mejor todo aquello si no quería perderla.

–¿Adónde irás? –le preguntó él en voz baja.

–Eso no es asunto tuyo.

Sebastian trató de que no le entrara el pánico; y se consoló pensando que fuera donde fuera, Emily llevaría encima su teléfono móvil. En el presente era muy fácil contactar con la gente. Y si las cosas se ponían feas, podría contratar a un detective privado para que la buscara.

–Lo nuestro no termina aquí, Emily.

Ella se limpió las lágrimas de los ojos y lo miró con intención.

–Oh, sí, sí que termina aquí, Sebastian. Ahora, si haces el favor de quitarte de en medio, tengo que llevar las cosas al coche.

Sebastian decidió que Emily tampoco iba a querer su ayuda. ¡Era desesperante no saber lo que hacer! Jamás se había sentido tan mal en su vida. Dejarla allí le parecía un gesto débil y cobarde. ¿Pero qué más podía hacer?

–Te llamaré –le dijo antes de darse media vuelta y marcharse.

Con cada escalón que bajaba Sebastian se hundía más en la miseria. Su instinto de cavernícola le decía que estaba cometiendo un error al dejar que ella se marchara de ese modo. Pero su parte de hombre liberal, su parte más sensible, la parte que estaba descubriendo desde que estaba con Emily, le decía que tenía que ser paciente.

Nunca había estado enamorado en su vida.

Era una tortura aquello del amor.

Cuando oyó el ruido del coche de Emily avanzando por el camino, Sebastian sintió como si alguien le arrancara el corazón. Ella se había ido; se había marchado de verdad. Ella le había dicho varias veces que no tenía amigos, de modo que se quedó todavía más preocupado.

De repente, la casa se quedó muy silenciosa.

–La recuperaré –dijo Sebastian mientras se tomaba un trago de brandy–. Si no es mañana, al día siguiente; o al otro.

Su tono era firme; pero en el fondo, Sebastian no estaba nada convencido. Como había dicho Emily, no podía comprarla, ni persuadirla con palabras de amor; sencillamente, porque ella no le creía.

Seducirla una segunda vez tampoco era una opción viable.

¿Entonces qué le quedaba?

Por primera vez en muchos años, Sebastian estaba perplejo.

Capítulo 16

EL doctor Daniel Bayliss estaba leyendo en su salón cuando sonó el timbre de la puerta. Echó un vistazo a su reloj con cierta incertidumbre, se puso de pie y fue a contestar.

Al ver a su hija allí a la puerta de su casa Daniel sintió una alegría instantánea, a pesar de la cara de aprensión de Emily.

–¡Emily! –exclamó–. ¡Pero qué alegría verte! Pasa, pasa...

–Ay, papá –exclamó antes de echarse a llorar.

A Daniel se le encogió el corazón. Su hija no le había llamado así desde que tenía diez años.

Daniel hizo lo que haría cualquier padre. Se adelantó y la abrazó, llorando él también. En ese momento, supo cómo se habría sentido el padre del hijo pródigo; aunque su caso fuera más bien el del padre pródigo.

¿Le habría perdonado Emily por lo que había hecho? Esperaba que fuera así.

Pero sospechaba que no era eso lo que la había llevado a su puerta. Había algo más.

–Pasa, Emily –le dijo con delicadeza.

La condujo a la cocina, donde hizo que se sentara a la enorme mesa de madera mientras él ponía agua a hervir. Entonces le puso delante una caja de pañuelos de papel. No le preguntó nada ni dijo nada. Se quedó esperando pacientemente hasta que Emily quisiera empezar a hablar.

–Tienes buen aspecto –dijo ella por fin.

–Tú también.

Nunca la había visto tan bien.

Ella se echó a reír, luego sollozó, y empezó a llorar otra vez. Su padre le acercó la caja, y ella sacó unos cuantos pañuelos para limpiarse con gesto enfadado, como si le diera mucha rabia llorar otra vez.

–¿Dónde está Barbra? –le preguntó después de sonarse la nariz y de tranquilizarse un poco.

–En África, trabajando para las Naciones Unidas.

Emily frunció el ceño.

–¿No te casaste con ella?

–No. Me di cuenta después de que tú te marcharas de que no la amaba. Lo creas o no, tu madre fue a la única mujer a la que quise.

–¿Entonces por qué le fuiste infiel?

Daniel sacudió la cabeza.

–Muchos hombres les son infieles a sus esposas aunque las amen, Emily. A veces es difícil explicar el porqué. Para el hombre, el sexo no es siempre una expresión de amor; sino que atiende otro tipo de necesidad. En algunos, la necesidad es puramente sexual. O tal vez buscan una experiencia nueva; un poco de emoción que le dé sabor a sus vidas rutinarias. Para mí, creo que fue la necesidad de saber que aún seguía vivo. Y, por supuesto, las atenciones de Barbra me subieron la moral. Siento que tuvieras que enterarte de que no era el héroe que tú imaginabas, Emily. Pero la verdad es que la mayoría de los hombres no lo son. Tan solo son seres humanos, con todos los fallos que tiene un ser humano.

–En eso tienes razón –le dijo con amargura.

Daniel se dio cuenta de que las cosas tenían que irle mal para que Emily se hubiera presentado en su casa. Cuando se había marchado hacía un año y medio, había dicho que jamás volvería a hablar con él.

Y él la había creído.

Sin embargo Emily engañaba, y su personalidad aparentemente tranquila y compasiva ocultaba un corazón que era a la vez muy sensible y testarudo.

—¿Por qué no me hablas de él? —le preguntó su padre con delicadeza.

Ella levantó la cabeza y lo miró.

—Vamos —dijo Daniel—. Por eso has venido a casa, ¿no? Para tener un hombro donde llorar. Y yo te quiero, Emily. Soy tu padre. También he dado algunos buenos consejos en mi vida. Ser médico no siempre se limita a recetar medicinas. La mejor medicina es a veces saber escuchar y hacer sugerencias sensatas.

—Mientras no me digas que he sido una estúpida.

—¿Por qué? ¿Lo has sido?

Ella asintió.

—Sí. He cometido una estupidez enorme.

—Entonces no necesito decirte lo que debes hacer, ¿no crees? Vamos a preparar una taza de té y luego puedes contarme lo que has estado haciendo estos dieciocho meses.

Emily le contó todo. No fue fácil, sobre todo cuando tuvo que contarle lo que había pasado esos últimos días. Pero no se dejó nada en el tintero. ¿Qué sentido tenía confiar, si uno no lo contaba todo?

Él no la interrumpió; ni le hizo preguntas tontas. Solo le dejó hablar, y hablar.

Emily concluyó su historia contándole la discusión que acababa de tener esa tarde con Sebastian, además de su dramática marcha.

—Nunca debí acceder a casarme con él —dijo ella con pesar—. Pero fui débil. Al principio, solo quería acostarme con él. Y luego... quise seguir a su lado.

Daniel suspiró.

–El deseo sexual es un impulso muy potente, Emily.

–Por eso he tenido que marcharme –gritó ella–. De haberme quedado, él tal vez me hubiera llevado a la cama. Y seguramente yo habría accedido. No soy capaz de pensar a derechas cuando estoy con él.

–Lo amas, hija.

–Tal vez no; tal vez sea lo mismo que tú sentiste con Barbra.

–Tú no crees eso, Emily; ni yo tampoco. Te conozco, y sé que amas a ese hombre. Y él te ama a ti, si no me equivoco.

Emily miró a su padre.

–¿Cómo puedes decir eso?

–Emily, ningún hombre pide matrimonio a su ama de llaves solo para que ella no se marche, por muy bien que haga su trabajo.

Emily negó con la cabeza.

–Tú no lo entiendes. Sebastian tiene una manera muy distinta de hacer las cosas. Créeme cuando te digo que no me ama. Lo que le gusta es tener la casa bien organizada, sin problemas. Por eso me pidió que me casara con él; para mantener el mismo nivel. Si además conseguía con ello asegurarse una compañera de cama conveniente, mejor que mejor.

–Tal vez eso fuera cierto en principio –concedió su padre–. Pero sus sentimientos debieron de cambiar en algún momento, seguramente en ese hotel en Wollongong. Porque la conversación que has mantenido con él esta tarde no me ha parecido algo tranquilo. Maldita sea, Emily, le llamaste mentiroso, le diste una bofetada y le gritaste. Sin embargo, sigue queriéndote. Créeme Emily, eso es amor.

Emily abrió la boca para hablar, pero tardó unos segundos en decir nada.

–¿Lo piensas de verdad?

–Lo pienso de verdad –respondió su padre con resolución–. Así que, sí, Emily, creo que has sido una estúpida. Pero no del modo que tú crees. Empezaste a serlo desde el momento en que te marchaste sin hacer lo que Sebastian te pidió que hicieras. Cálmate y ve a hablar con él.

–¡Pero él se acostó con esa mujer tan desagradable! ¡Hace menos de una semana!

–¿Y qué?

–¿Y qué?

–Sí, y qué. Está claro que se sintió mal consigo mismo después. ¿Dime, hija, no estuvo a tu lado cuando apareció esa mujer?

–Sí...

–¿La miró como si quisiera tirársela ahí mismo?

–No...

–¿La puso en de patitas en la calle sin miramientos?

–Sí, pero...

–Pero nada. Ese hombre merece una medalla por su conducta ejemplar en circunstancias difíciles. ¿Y qué hiciste tú? Tirar el anillo a la piscina.

–Bueno, yo...

–¿Vamos a ver, quieres o no a ese hombre?

–¡Llevo una hora diciéndote que sí!

–Bien. Ahora, tengo que aclararle algo a tu mente femenina. Me has dicho que ayer te hizo el amor en el garaje, ¿no?

Emily se puso colorada al pensar en lo que habían hecho.

–Sí. ¡Y también se lo hizo a la otra en el garaje!

–No, no es cierto. Practicó el sexo en el garaje. A ti te hizo el amor. ¿Cuántos años dices que tiene Sebastian?

–Cuarenta.

–Cuarenta –repitió su padre en tono seco–. Por amor de Dios, Emily, un hombre de su edad y su riqueza habrá tenido a muchas mujeres. Dudo que esta Lana sea la primera a la que se lo ha hecho en el garaje; o en una mesa de comedor. Una de las razones por las que te enamoraste de él fue porque es un hombre de mundo, un hombre experimentado. Te conozco bien, Emily. Te gustan los hombres de éxito; te gusta que sepan qué pedir en un restaurante o qué vino encargar. Y también que sepan hacer bien el amor. Incluso cuando eras adolescente tus novios tenían siempre unos años más que tú. Todos vestían bien y tenían coches elegantes.

Emily tuvo que darle la razón.

—Sí, es cierto.

—Disfrutarás mucho siendo la esposa de un millonario. Sobre todo de uno que te ama.

—¿De verdad crees que me ama?

—Sí. Pero lo que yo piense no importa, hija. ¿Qué piensas tú?

—Creo que sería muy estúpido por mi parte pensarlo sin tener más pruebas; pero también que debería ir a averiguarlo.

—Eres una chica muy sensata, Emily.

—Además, se me ha ocurrido otra cosa.

—¿El qué?

—Cuando lo hicimos en el garaje... no utilizamos protección.

Su padre frunció el ceño.

—¿Quieres decir que podrías estar embarazada?

—Es posible.

—Entonce necesitas volver y hablar con él.

—¿Qué hora es?

—Las diez y media pasadas. A estas horas solo tardarás unos veinte minutos en coche a Hunter's Hill. ¿Por qué no vuelves, antes de que se te ocurra alguna otra razón para no ir?

Emily hizo una mueca.

—En cuanto aparezca, va a pensar que ha ganado.

—Lo dudo mucho. No tienes idea de lo tremenda que puedes ser, Emily, cuando pierdes los estribos.

Emily suspiró y se puso de pie.

–Tal vez ya no quiera verme. Le di una bofetada. Y también lo empujé; y sé que odia esa clase de comportamiento.

–Sigue queriéndote. Me apuesto lo que quieras. Ahora, vete.

Ella sonrió.

–Gracias, papá. Yo también te quiero, ya lo sabes. Siempre te he querido.

–No tienes ni idea del alivio que siento, Emily –dijo su padre con voz ronca de la emoción–. Te he echado muchísimo de menos.

Ella se retiró y lo miró a los ojos; y solo entonces se dio cuenta de lo mucho que le había dolido su separación. Ella había intentado castigarlo, por supuesto, pero ya era suficiente.

–Hice mal en alejarme de ti así –le dijo con verdadero pesar.

–Fui yo quien hice mal. No puedo decirte lo mucho que me alegro de que tu madre no se enterara. Porque ella no se enteró, ¿verdad?

–No.

–Gracias a Dios. Vete, Emily. Y escucha lo que ese hombre tenga que decirte esta vez. Escúchalo de verdad y no lo juzgues.

–Lo haré, papá. Mira, seguramente no volveré esta noche –añadió–. Pero te llamaré mañana, te lo prometo.

Capítulo 17

NO debo llamarla aún al móvil –murmuró Sebastian con la copa de brandy en la mano mientras el reloj de pared del vestíbulo daba las once–. Debo tener paciencia.

¡Qué ruido hacía el reloj cuando no había nadie más en la casa!

–Sabes lo que dicen de la gente que bebe sola.

Sebastian se puso de pie al oír la voz de Emily y se dio la vuelta sin dejar antes la copa.

Estaba de pie en la puerta que daba al vestíbulo. La expresión de su mirada le dijo que aquella no sería una reunión especialmente feliz.

–No te he oído llegar –le dijo él mientras se sentaba de nuevo en la butaca con un suspiro.

–El reloj estaba dando la hora.

–Ah...

–Estoy más tranquila.

En su opinión, parecía demasiado tranquila; aunque seguía estando muy bella. Le encantaba su pelo; y ese precioso vestido azul que llevaba. Qué no daría por llevarla esa noche a cenar y pasar una velada romántica con ella. En lugar de eso, se había tenido que contentar con que Lana se presentara de nuevo en su vida para volverlo todo del revés.

–He vuelto para hablar contigo –le dijo ella–. Como sugeriste.

De pronto, ya no quería hablar con ella; lo cual era

algo perverso en él. Tal vez fuera todo el brandy que había bebido; o tal vez fuera ese recelo en su mirada.

Fuera lo que fuera, solo quería volver a su cueva.

—Creo que he dicho todo lo que tenía que decir, Emily —le dijo en tono cansado, antes de dar otro sorbo de brandy—. No puedo convencerte de que te amo.

—Solo dime cuándo. Cuándo decidiste que me amabas.

—¿Cuándo?

—Sí, cuando.

¡Mujeres! ¿Por qué tenían que mirarlo todo con lupa y analizarlo todo? ¿Por qué no podían aceptar su palabra?

—Sería mucho más fácil.

—Esta noche.

—¿En qué momento de esta noche? ¿Cuando pensaste que necesitabas una razón para que no te dejara?

Sebastian le echó una mirada de frustración.

—Tu gran problema es que no confías en los hombres, ¿verdad? Me di cuenta de que te amaba cuando entré en la habitación y vi tu mirada angustiada. Le eché una mirada a esa asquerosa de Lana y tuve ganas de estrangularla. Y es tan poco propio de mí, que no me hace ninguna gracia. Desprecio la violencia de cualquier clase. Pero cuando un hombre ama a una mujer su instinto de protección es muy fiero. O eso he notado.

—¿Qué quieres decir con que lo has notado?

Sebastian se encogió de hombros.

—Pensé que no era capaz de enamorarme. Yo nunca me he enamorado en mi vida.

—Si no amabas a Lana, ¿entonces por qué fuiste detrás de ella y te acostaste con ella?

—Mi ridículo orgullo masculino me empujó a ir detrás de ella; y mi ridículo cuerpo a acostarme con ella. Durante unos segundos nada más, Emily. Eso fue todo. En cuanto me di cuenta de lo que estaba haciendo, lo dejé. Después me faltó tiempo para largarme de su lado y volver a Australia. Por eso tomé un vuelo anterior al que había reservado. Porque solo quería volver a tu lado. Cuando leí tu carta de despedida, Emily, me sentí mucho peor que cuando me había dejado Lana. Sin ella podía pasar; pero sin ti no, Emily. Descubrí que no podía estar sin ti.

Nadie podía dudar de la tristeza de su mirada o de la sinceridad de sus palabras. Tal vez su padre tuviera razón; tal vez él la amara.

–¿Por qué pensaste que no eras capaz de enamorarte? –le preguntó Emily.

Él la miró con ojos tristes.

–¿De verdad quieres saberlo?

–Sí, por supuesto.

¿Por qué pensaba él que había vuelto si no era para comprenderlo?

–Tu padre le fue infiel a tu madre –dijo–. Pero mi padre asesinó a mi madre.

–¿Cómo? –exclamó Emily verdaderamente estupefacta–. Pensaba que me dijiste que tus padre murieron en un accidente de coche.

–Fue la descripción del siniestro. Pero en realidad fue un asesinato. Yo sé que lo que pasó porque estaba allí.

Emily negó con la cabeza, totalmente horrorizada.

–Estaban discutiendo en ese momento –continuó Sebastian con emoción contenida–. Siempre discutían cuando no tenían dinero para comprar droga. Cuando los drogadictos no tienen su dosis, tienen problemas para controlar su rabia. Normalmente su rabia la dirigían hacia mí. Esa vez, sin embargo, yo estaba acurrucado en el asiento de atrás y no llegaban a tocarme. Mamá le dijo algo a papá de que era un perdedor y un inútil parado, y él se puso como un loco. Le llamó de todo. Le dijo que era una inepta que ni siquiera podía cuidar de un maldito niño. Lo cual era cierto. Yo solía irme al colegio sin almuerzo y con la ropa sucia.

Emily hizo una mueca de pesar, sintiendo náuseas en el estómago. ¿Qué clase de madre trataba así a su hijo?

Emily notó en su mirada el esfuerzo que le estaba costando a Sebastian decirle la verdad.

–Finalmente, papá dijo que le enseñaría quién era la perdedora de la familia y chocó el coche contra un poste de la luz. Mi madre murió en el acto; y él lo hizo en un hospital unos días después. Yo salí ileso.

Oh, no, ileso no, pensaba Emily con el corazón encogido mientras se fijaba en sus ojos, que de pronto parecían apagados. Le habían quedado muchas cicatrices, pero por dentro.

Todo ello explicaba también muchas cosas del hombre al que amaba: su necesidad de triunfar, su amor por las cosas bonitas; incluso que le hubiera pedido que se casase con él, a una mujer que él creía calmada y capaz; que no se pareciera en nada a su madre.

–Y entonces te fuiste a vivir con tu abuela.

–¿Cómo? Sí. Sí, eso es.

–Oh, Sebastian, lo siento tanto.

–¿El qué sientes?

–Todo. Ningún niño debería tener que soportar todo eso.

–No –concedió él–. Y ningún hijo mío lo soportará jamás. Claro que ya no voy a tener hijos.

–¿Qué quieres decir?

–No tengo intención de tenerlos fuera del matrimonio. Y la única mujer a la que he amado en mi vida no quiere casarse conmigo –Sebastian hizo una pausa–. Tiraste el anillo que te regalé a la piscina.

–¿Y si ya estuviera embarazada?

Él la miró asombrado.

–¿Cómo? Ah... lo dices por lo de ayer er. el garaje. Tendrías que ser muy desafortunada para haber concebido en ese momento.

–O afortunada –dijo ella–. Depende de cómo lo mires.

Él entrecerró los ojos y agarró con fuerza la copa de brandy.

–¿Y cómo lo verías tú, Emily?

Ella cruzó la habitación y se arrodilló en la alfombra delante de él, apoyando las manos y la cara en sus rodillas.

–Me encantaría tener un hijo tuyo, Sebastian –le dijo en tono suave–. Te creo cuando me dices que me amas. Y mi mayor deseo es casarme contigo.

Sebastian dejó la copa porque le temblaba la mano.

–¿Lo dices en serio? ¿No lo dices porque podrías estar embarazada?

–Nunca diría nada así por una razón como esa, Sebastian. Te amo mucho. Hace tiempo que te amo.

Él buscó su mirada con los ojos brillantes.

–¿Cuánto tiempo?

–Me di cuenta de mis verdaderos sentimientos después de marcharse Lana. Pero no pensé que tuviera oportunidad alguna contigo, y por esa razón decidí marcharme.

–¿Y por qué no me dijiste que sí nada más pedirte en matrimonio?

–Porque quería que me amaras.

–¿Entonces por qué tiraste el anillo esta noche a la piscina después de decirte que te amaba?

–Porque soy una tonta.

Sebastian se agachó y la tomó entre sus brazos. No la besó, tan solo la abrazó con fuerza.

–Estaba desesperado –le dijo él en tono ronco y cargado de sentimiento.

Emily trataba de no llorar.

–Lo siento –dijo ella con voz entrecortada.

–No me vuelvas a dejar.

–No lo haré.

–Venderé esta casa si te sientes mal aquí.

Emily se retiró y negó con la cabeza.

–No. Tenías razón, me encanta esta casa. Solo cambiaremos el dormitorio principal. Ah, y también la mesa de comedor.

–¡La mesa de comedor! ¿Qué le pasa a la mesa de comedor?

Emily se mordió el labio inferior.

–Mmm... Lana dijo que habías practicado el sexo encima de esa mesa con ella.

–¿El qué? ¡Esa es una mentira como una casa!

–¿No lo hiciste?

–¡Jamás! –negó Sebastian categóricamente.

Emily le sonrió.

–Cuánto me alegro, porque me gusta muchísimo esa mesa. Espera, tengo que ir por algo –dijo ella mientras se ponía de pie–. Algo que me he dejado.

–¿El qué?

–Quédate aquí –le ordenó Emily–. No te muevas. No tardaré más de diez segundos.

Desapareció durante unos minutos. Sebastian estaba a punto de levantarse para ir a buscarla cuando oyó un ruido detrás de él. Se dio la vuelta y allí estaba ella, desnuda y empapada.

–Dios mío, Emily –exclamó mientras se ponía de pie.

–Tenía que recuperar mi anillo –le explicó mientras se adelantaba–. Sabía que lo habrías dejado en la piscina.

Él sonrió mientras estrechaba entre sus brazos su cuerpo tembloroso.

–Bueno, a mí no me valía de mucho sin ti.

Sebastian le acarició la espalda mientras su erección le empujaba suavemente el estómago.

–Creo que es hora de que sigamos con nuestro proyecto de fabricar un bebé –dijo Sebastian mientras la levantaba en brazos y la llevaba no al dormitorio sino hacia la piscina–. ¿Cómo está el agua? –le preguntó mientras se empezaba a desnudar.

—Maravillosa en cuanto te metes.

Saltaron juntos en la parte más profunda y se besaron debajo el agua antes de salir a la superficie.

–¿Qué crees que habría pasado si me hubieras dejado saltar dentro contigo el viernes por la noche? –le preguntó Sebastian mientras ella le echaba los brazos al cuello y lo abrazaba con sus piernas.

—No lo sé –respondió Emily–. ¿Tú que crees que habría pasado?

—Esto –rugió él.

Emily emitió un gemido entrecortado al sentir que Sebastian la penetraba.

—Y luego esto –añadió mientras le agarraba del trasero y empezaba a moverse adelante y atrás.

Ella entreabrió los labios con un suspiro; tenía los ojos entrecerrados de placer.

—Dime que me amas –le ordenó él.

—Te amo –le dijo ella con una sonrisa en los labios.

Él también le sonrió.

—Tenías tanta razón, cariño mío. El sexo con amor es mucho mejor que el sexo sin amor. Vamos a ser tan felices, tú y yo… Y también seremos los mejores padres del mundo.

Se casaron junto a la piscina dos meses después, y su primera hija nació siete meses después del feliz evento. La llamaron Amanda, que significaba «digna de ser amada».

El padre de Emily nunca se volvió a casar. Se hizo gran amigo de Sebastian, se convirtió en un abuelo dedicado y siguió siendo un médico excelente.

CABALLERO DEL DESIERTO

JENNIFER LEWIS

Daniyah Hassan pagó un alto precio por irse de su casa y desafiar a su padre. Ahora estaba divorciada y de regreso en Omán, lamiéndose las heridas y tratando de evitar un matrimonio concertado. A pesar de que Dani había jurado renunciar a los hombres, cuando el financiero rebelde Quasar Al Mansur hizo su aparición, se derritió.

A Quasar la belleza de Dani y su vulnerabilidad le tentaron más allá de toda lógica. Aunque descubrió que estaba fuera de su alcance, no iba a permitir que la rencilla que llevaba décadas enfrentando a sus familias le impidiera conseguir lo que quería.

Un ardiente romance con un atractivo jeque

¡YA EN TU PUNTO DE VENTA!

**Estaba dispuesto a hacer lo que fuese necesario
para volver a tenerla en su cama**

La tinta de los papeles del divorcio de Giorgios Letsos todavía no estaba seca, pero este solo podía pensar en una cosa: encontrar a Billie Smith, la que había sido su amante antes de que él se casase. No obstante, la dulce y manejable mujer a la que había conocido le dio con la puerta en las narices nada más verlo.

Billie se había esforzado mucho en recuperarse después de que Gio le hubiese roto el corazón al decidir casarse con otra mujer. Cuando Gio volvió repentinamente a su vida, ella decidió no volver a dejarse seducir. Sobre todo, porque tenía un secreto que proteger… su hijo.

El secreto de su amante

Lynne Graham

[5]